Vier Mädels und
ein kleiner Mann

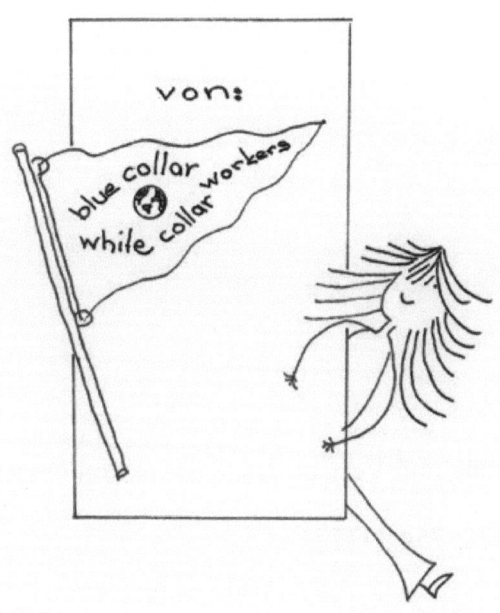

Herstellung und Verlag: BoD – Books on Demand, Norderstedt

ISBN 9 783754 331774

Was fängt man bloss mit einem kleinen Mann an. Kleine Kinder gebären? Oder könnte ich ihn für mich arbeiten lassen. So klein zu sein muss doch Vorteile mit sich bringen. Ja, ich gebe zu auch dementsprechende Nachteile. Aber ich beschloss mich davon nicht einschüchtern zu lassen, im Gegenteil. Das Stehauf-Männchen-Prinzip begleitet mich schon mein ganzes geliebtes Leben. Auf, auf und nur das Positive sehen, das Glas ist immer halb voll und schon gar nicht leer. Diese Denkart ist das grosse Geschenk meines Vaters, sein Legat* an mich.

Da waren wir nun in unserer schäbigen kleinen Küche und ich starrte ungläubig auf meinen Mann der vor Minuten noch in voller Grösse da stand. Wie gelähmt lehnte ich mich an die Spüle um ihn weiterhin wie einen Ausserirdischen von allen Seiten anzugaffen. Total verwirrt und durcheinander hob ich ihn auf und zwang den kleinen Mann auf einem Puppenhaus-Stuhl Platz zu nehmen, dazu stellte ich instinktiv das passende Tischchen um ihn dann weiter sprachlos anzustarren. Ein Bild für die Götter.

Die Möbelchen waren leicht verstaubt da sie ein Überbleibsel meiner süssen Nichte sind und ewig nicht mehr hervorgeholt wurden.

---

* Erbe, Hinterlassenschaft

Auf dem Stühlchen sitzend, mit seinen Armen fuchtelnd, versuchte er seine Lage zu begreifen. Wenn ich mir richtig Mühe gab, konnte ich einige seiner Flüche verstehen und von denen gab es reichlich. Er fluchte wie ein Scheunendrescher. So was nennt man Dampf ablassen. Eines wurde ihm und mir immer klarer, in dieser Grösse war er mir wehrlos ausgeliefert. Ein wohliger Schauer lief mir über den Rücken, ergoss sich zu einem grossen Fluss der sich genussvoll über meinen ganzen Körper ausbreitete. Hüpfend, schreiend verausgabte er sich langsam. Es wurde ihm leid weiter zu Schreien und immer wieder zu versuchen mich zu beissen was sich wie Flohbisse anfühlte und mich langsam wieder auf den Boden der Tatsachen zurück holte. Oh mein Gott, dem würde ich es zeigen. Jahrelang war ICH die Doofe gewesen. Diejenige die er ausgenutzt und immer wieder mit saudoofen Floskeln abspeiste wie: es ist nicht so wie es aussieht das musst du mir glauben. Ja, wie den sonst du hirngepicktes Mann wie denn sonst. Jahre in denen ICH putzte, wusch, kochte, einkaufen ging und mich nicht wehrte. Aber das Schicksal hatte scheinbar etwas Neues mit uns vor.
Das Verrückteste am Ganzen war, ich wollte raus aus meiner Lage. Fest hatte ich mir vorgenommen, heute ist es so weit, heute kündige ich ihm meine

noch verbliebene Liebe und mache ihm klar: bye bye du hast mich gesehen und zwar von hinten. Endlich nach weiss wie vielen Jahren war mein inneres Fass übervoll. Und nun stellt Euch meine Verwirrung vor als ich zusehen konnte wie er schrumpfte. So was von abgedreht was da geschah. Ich konnte es kaum fassen wie fies und gemein das Schicksal zuschlagen konnte und den doch einmal von mir sehr geliebten Mann vor meinen Augen in diese Grösse schrumpfen liess.

Aus lauter Gewohnheit griff ich zum Mobile und rief reihum meine Freundinnen an: Notfall, Notfall kommt das müsst ihr Euch anschauen. Und das taten sie. Belohnt wurde ich mit Ohnmachten, Schreikrämpfen und Lachen bis zum Umfallen. Wir kringelten uns vor Lachen, waren nicht mehr in der Lage zu sprechen. Tränen rannen wie Bäche hinunter bis Bauchschmerzen uns aufhören liessen. Es war einfach unfassbar. Wer glaubt den einem einen solchen Mist: he Kumpel mein Mann ist auf Puppenhaus-Grösse geschrumpft, ich kann ihn jetzt in meiner Jackentasche spazieren führen.

Eine neue Ära begann. Immer wieder zwang er mich ihn zu messen. Bin ich nicht schon wieder gewachsen, bin ich nicht ein Stück grösser. Nein, war er nicht. Um seinem Geschrei zu entgehen klebte ich kurzum das Massband an die Wand seines neuen Zuhauses, dem Puppenhaus das freundlicherweise eine meine Freundinnen uns zur Verfügung stellte. So schrecklich es auch war ich begann mich mit der neuen Situation zu arrangieren und um nicht überstürzt und unbesonnen zu handeln, vereinbarten wir ein paar Tage Ruhe zu bewahren und zu versuchen einen etwas klareren Blick auf das Ganze zu bekommen. Was sich zeitweise als nicht sehr einfach herausstellte. Er entwickelte eine „man weiss nie was grad angesagt ist" Laune. Wie Achterbahn fahren, einmal hoch jubelnd jauchzend und dann wieder unerträglich bissig bis zu im Selbstmitleid ertrinken. Er konnte einem in den Wahnsinn treiben. Das rächte sich. Stand ich mit etwas mieser Laune auf, weckte ich ihn mit den Worten, mein Gott Darling du BIST gewachsen. Schon hüpfte er herum und kugelte sich vor Freude bis es ihm dämmerte, dass sein Mobiliar kein Stück kleiner geworden war. Fassungslos probierte er dann seine neuen Puppenkleider um auch hier festzustellen, ausser Spesen nix gewesen. Aus meiner Sicht ersparte er sich so das Fitness und meine Laune hingegen hob sich wieder. Was ja auch sein Gutes hatte. Zwei, drei Stunden lang musste ich es dann meiden ihm zu nahe zu kommen. Ansonsten versuchte er mich zu treten, zu kneifen und zu beissen, verständlicherweise.

Einen Grossteil der Zeit verbrachte ich damit ihn neu einzukleiden, Möbelchen zu basteln. Auf Flohmärkten Puppenhaus-Dinge zu finden, ganz einfach ihm ein gemütliches Heim einzurichten. Doch auch hier war meine Rache süss. Schleifen, Rüschen und Altrosa, ich liess es ihn an Nichts fehlen. Ein zuckersüßes Daheim. Seine Wutanfälle beruhigte ich lakonisch mit den Worten, es gab nix anderes in dieser Preisklasse man muss jetzt erst recht aufs Geld schauen, wüsste man doch nicht wie lange sein Zustand andauern würde. Obwohl er genau wusste, dass dies nicht stimmte. In kleinen Dingen basteln bin ich echt gut und liess es ihn trotz allem an nichts fehlen. Meine Bonsais (kleine japanische Bäumchen) dienten ihm als Schattenspender. Sogar eine Sonnenterrasse mit Swimmingpool konnte er sein Eigen nennen. Manchmal begann das Poolwasser etwas zu müffeln aber dies liess sich jeweils leicht beheben. Ja, und der Kochherd, aus Gusseisen voll funktionsfähig. Er konnte sich selbst kochen. Was er aber nie tat. Wenigstens einmal Teewasser übertun, nein nada nix. Ihn mit Lebensmitteln zu versorgen war der einfachste Teil. Seine Wäsche liess ich ihn selbst schrubben. Von Hand an einem Waschbrettchen. Das Sanitäre, ja das war so eine Sache. Dusche und Badewanne waren ein Kinderspiel aber die Toilette da musste er sich mit der primitiveren Variante begnügen. Die Römer kackten auch nur in ein Loch. Manch berühmte Könige, Pharaonen und was auch immer, ebenso. Seine Ausscheidungen waren, ich kann mich nur entschuldigen, so was von niedlich. Stellt es Euch doch bitte selbst vor. Zu klein um zu müffeln. Am ehesten könnte man sie mit Hamsterknödel vergleichen. Einmal täglich leerte ich das Blecheimerchen in dem ich es demonstrativ weit vor mir hertrug in Richtung Erwachsenenbad. Ganz sicher war ich mir nicht aber es schien als amüsierte es ihn. Die Magd die seine königlichen Ausscheiden entfernt. Es war ein Geben und Nehmen.

Meine Freundinnen besuchten mich mit Freude zu Kaffee und Kuchen. Brachten kleine Geschenke die ihm das Leben vereinfachten. Das Fieber hatte uns alle gepackt das Beste und Tollste zu finden. Stundenlang stöberten alle auf Flohmärkten, in Spielzeugabteilungen und Bastelgeschäften. Ihr könnt Euch kaum vorstellen was es alles für die Puppenhäuser gibt. Ich war gezwungen einen Lagerschuppen ans Häuschen anzubauen. Zu meiner Verteidigung muss ich sagen, dass ich nach gebührender Zeit ihm ein tolles männliches Zuhause schuf. Ohne Schleifchen und Rüschen und sogar mit einem voll funktionsfähigen TV. Das gibt's wirklich für Puppenhäuser. Die Senderauswahl war vorerst begrenzt bis eine von uns es tatsächlich via Internet hinkriegte einen richtigen TV-Anschluss anzukoppeln. Er hatte nun ein Heimkino inklusive Liegewiese und hunderten von bequemen Kissen. Auch eine Hängematte die er mit der Zeit richtig gehend liebte versüsste ihm sein Dasein. Das Kerlchen war tausendmal besser eingerichtet als ich. Eine herrliche Zeit für uns alle.

Verrückt, der kleine Mann begann mit seiner Grösse (Kleine, sorry) klar zu kommen. Zwar konnte er sich nicht hundertprozentig in sein Schicksal fügen aber doch zumindest sehr gut. Ich musste mich immer wieder zügeln. Hunderte von Ideen, Einfälle wirbelten in meinem Kopf herum. Soll ich ihn Tralla taufen. Einen Jupes anziehen lassen oder ihn mit Perlenketten umwickeln. Wie auf Knopfdruck konnte ich mich in meine Kindheit zurück versetzen. Fantasien über Fantasien. In meinen Kindertagen lag ich in den Sommermonaten stundenlang auf der Wiese hinter unserer Parterre-Wohnung*. Das Gesicht tief ins Gras gedrückt stellte ich mir vor wie ich als winzige Ausgabe meinerselbst da durch krabbelte. Ameisen auswich, über Stöckchen kletterte und Regenwürmer als klebrige Kriegsgegner betrachtete. Es war einfach herrlich so frei zu sein.

---

* Parterre-Wohnung = Wohnung im Erdgeschoss

Nachdem ich ihm Latzhosen mit dem dazu passendem hellblau karierten Hemdchen genäht hatte, überwog auch hier mein Mitleid. Mit der Zeit war ich in der Lage tolle Herren-Shirts, Hosen (inkl. der Unterwäsche) zu schneidern. Ausser den Hemdkragen. Die trieben mich in den Wahnsinn. Bin heute noch nicht in der Lage korrekte zu nähen weder in Gross noch in Mini. Musste ich Zug fahren oder in seltenen ruhigen Momenten, strickte ich ihm Pullover, Halstücher und noch vieles mehr. Ich häkelte, knüpfte was auch immer. Es wurde zur Hauptaufgabe mit unsagbarem Spassfaktor für mich und meine Freundinnen ihn schön „normal" auszustatten. Wir drückten aufs Gas um ihm sein Leben zu erleichtern. Ihn halbnackt rum laufen zu lassen konnten wir schon aus visuellen Gründen nicht ertragen. Sehr schnell fanden wir heraus, dass der kleine Mann nicht in der Lage war schwere Dinge zu tragen. Schon eine grössere Münze brachte ihn ins Schwitzen und daher beschlossen wir einstimmig, nach einigen Bieren, er müsse Fitness betreiben. Es konnte nicht angehen, dass er faul auf seiner Haut lag und wir uns das letzte Blut aus dem Körper arbeiteten. Für seine Empfindungen standen so viele Möglichkeiten zur Verfügung. Maulte und schmollte er, banden wir ihn kurzerhand ein Weilchen an sein Bettchen oder liessen ihn wie eine Marionette springen und hüpfen. Indem er gegen seine Fesseln ankämpfte absolvierte er die von uns vorgeschriebenen Fitnessübungen. Ist man fit und gesund, sind wir auch psychisch ausgeglichener. Bedeutet uns geht's besser oder?

Dieser schicksalshafte Tag an dem mein Ehegatte schrumpfte, gab mir meine Welt die ich so sehr geliebt hatte zu grossen Teilen zurück. So viele Menschen verlieren ihre Kinderfantasien oder unterdrücken sie. Man ist doch erwachsen. Oder Kind werde doch endlich erwachsen. Und nun dieses grossartige Geschenk. Ja, ja hier spricht der Egoismus aber ER hatte herum experimentiert und keinen Versuch, Versuch sein lassen. ER fügte sich immer wieder solche komischen Sachen zu. Einmal als ich nach Hause kam war er blau von unten bis oben. Schlumpfblau stellt Euch das vor. Ein erwachsener stattlicher Mann über und über in Blau. Blauer Hintern, blaue Füsse, blauer Pimmel blau, blauer am blausten.

Zu seinem Glück begann die Farbe nach etwa zwei Stunden sich wie Puder aufzulösen. Und wer musste dann wohl den Küchenboden fegen, ich. Er sei zu erschöpft die Angst er würde für immer blau bleiben hätte ihn wahnsinnig mitgenommen.

Was mich an der jetzigen Misere am meisten beschäftigte, war: wieso stoppte es genau bei dieser

Grösse und würde sich bald etwas ändern. Und wann, dann plötzlich oder würde es langsam vonstatten gehen? Aber diese Ängste musste ich verdrängen. Zuerst wollte ich aus dem Vollen schöpfen. Mit unglaublich viel Überredungskunst konnte ich ihm klar machen, dass wir seine missliche Lage bedingungslos ausnützen sollten. Natürlich wollte er anfangs zu einem anderen Chemiker oder Arzt. Wollte wieder die „normale" ihm zustehende Körpergrösse aber daraus wurde vorab nix. Es musste ihm doch klar sein, ginge er an die Öffentlichkeit in irgendeiner Art, was dann geschehen würde. Wer und vor allem wie wir bedrängt, genötigt und rum geschubst werden würden.

Um ihn überhaupt hören zu können, leider auch sein Gejammer und Gestänkere, machten wir uns die heutige Technik zu Nutze. Ein Mädel aus unserem holden Freundschaftskreis verstand sich gut auf solche Dinge und baute ihm eine Art Megaphon zusammen. In dieses konnte er in seiner normalen Lautstärke sprechen für uns aber klang es als befände er sich bei uns bei den Grossen!

Hatte er schlechte Laune und liess dies uns spüren, stellte ich den Ton ganz einfach auf Aus. Ein Aus-Schalter, ein Traum, himmlisch. Jahre fehlte mir solch eine Möglichkeit. Jahre in denen er mich zwang seiner Motzerei und Gebelle zuzuhören.

Unmöglich wegzuhören da er sich einer gewissen Lautstärke bediente. Um uns draussen unauffällig zu bewegen, nähte ich ihm in meine Jacke eine passende Tasche. In dieser konnte er liegend als auch sitzend rausschauen und für genügend Frischluft war auch gesorgt. Bei Regen wurde er nicht nass und kein Sonnenstrahl konnte ihm seine ach so zarte Haut verbrennen. Zu Beginn setzte er eine Spielverderber-Miene auf doch je mehr wir uns draussen bewegten umso mehr sah er die Vorzüge. Frauen konnte er unverfroren ins Dekolleté glotzen. Ich liess ihn gewähren. Wieso sollte ich mir jetzt noch die Mühe nehmen ihn zu ändern. Mann bleibt schliesslich Mann oder? Egal wie gross er ist! Weh tat er damit auch niemandem.

Es ist doch so, seien wir einmal ehrlich. Zu Beginn findet man alles an ihm heiss und unwiderstehlich. Auch, dass er unverhohlen in fremde Ausschnitte glotzt. Dann etwas weniger, dann noch weniger und plötzlich beginnt es einem so richtig auf den Sack zu gehen. In guten Momenten unterliegt man der Versuchung mit ihm darüber zu diskutieren. Dann wird das Löffelchen hingeschmissen und das in sich hinein Fressen beginnt. Aber wir verbrachten auch sehr gute Jahre zusammen, nein wirklich hatten wir. In diesen guten Zeiten liebte ich ihn. Trotz Versuchung jetzt seine Situation auszunutzen und ihn einiges büssen zu lassen, muss ich zugeben, vieles hätte er verdient und einiges absolut nicht. Es gibt Grenzen und zu meiner grossen Verteidigung, was meine rachsüchtigen Gedanken betrifft, zu diesem seinem jetzigen Zustand hatte ich nichts beigetragen. Ich war nur zur richtigen Zeit daheim angekommen und durfte so seiner Verwandlung in einen Puppenmann beiwohnen.

Es ist mir kaum möglich zu beschreiben, was in mir vorging als ich sah was da mit ihm passierte. Auf dem Küchentisch befanden sich mehrere dubiose in verschiedenen Farben gehaltene Flaschen und Gläschen. Offen gesagt, war ich dermassen fassungslos, dass meine ersten Gedanken sich nicht um das Wie sondern um das „was zum Teufel passiert da gerade" drehte. Und um nicht den Verstand zu verlieren griff ich zum iPhone und liess meine Freundinnen in Windeseile antraben. Detailliert kann ich mich nicht mehr an alles zurückerinnern. Gemäss meinen Mädels verstanden sie folgende Worte: habbbeeee so was von einem Notfall und wenn ihr mich nur ein klein bisschen gern habt, sofort, kommt sofort sonst verliere ich noch meinen Verstand. Mein Hirn darf nicht aus der Hirnschale springen. Eine gute halbe Stunde später umringten sie ihn dann glotzend, die Kinnlade bis zu den Knien unten, eine fiel sogar in Ohnmacht oder was auch immer. Jedenfalls starrten sie den kleinen noch pudelnackten Mann unverfroren an. Er stammelte und jammerte, verständlicherweise, nur noch so vor sich her. Die pure Verzweiflung. Im Eifer des Gefechts vergass das Männlein sogar, dass er nackt war. Zu seinem Glück lagen immer irgendwelche Papiertaschentücher auf dem Küchentisch. Er schnappte sich schnellstens so ein Ding. Es bedeckte ihn komplett als sei er in ein Laken gewickelt. Stark wie er war zerriss er's in Stücke und band sie sich um. Jetzt wurde es gemein. Jetzt hatte er doch glatt ne Windel um und wir brachen vor Lachen zusammen. Zu diesem Zeitpunkt konnten wir ihn ja noch kaum hören. Er schrie sich die Lunge aus dem Körper. Zur Beruhigung uns aller holte ich einen riesigen Kübel mit Eiscreme und verteilte sie gerecht unter uns. Für den kleinen Mann gab's einen schönen grossen Fingerhut voll davon. Durch die Lupe sah ich, dass er krampfhaft nachdachte sich aber schliesslich doch für das Runterschlingen dieser Köstlichkeit entschied. Dazu gab es noch leckere Kekse und langsam kehrte Ruhe ein. So simpel und doch so effizient. Ach ja, ich vergass. Vor Verzweiflung hatte er sich kurzerhand noch eine Serviette um sein Körperchen gewickelt um den Rest seiner Blösse zu bedecken.

Seine Fütterung liess sich sehr einfach gestalten. Einen Krümmel von diesem, ein Kügelchen von jenem und einen Fingerhut voll eines Getränkes, et voilà mein kleiner Mann war zufrieden.

Fassungslos und aufs Höchste amüsiert, umringten wir mini-man. Was zur Hölle lief hier.

Ich gestehe: der Gedanke ihn zu packen und dabei etwas zu fest zu zudrücken durchschoss anfangs ein- zweimal meine Gedanken. In mir schlummerte immer noch der Misstand unserer Beziehung. Aber glatter Mord, nein dazu war ich letztendlich doch nicht in der Lage. Diese Vorstellung blieb wo sie hingehörte nämlich ins Aus. Aber es war erlaubt Witze darüber reissen und einer war schlimmer als der andere. Unsere Bemerkungen trieften nur so vor Zynismus und bescherten uns weitere Tränen vor Lachen. Stellt Euch doch einmal vor. Ihr kommt nichts ahnend nach Hause und vor Euch steht Eure sogenannte bessere Hälfte und schrumpft und schrumpft auf die Grösse eines Menschen der ohne Probleme in einem Puppenhaus wohnen kann.

Aber was war wirklich an diesem Morgen passiert? Unser kleiner Mann wollte und wollte nicht mit der Wahrheit herausrücken. Er schämte sich und das Schlimmste daran war, er selbst war der Verursacher seiner jetzigen Lage. Dies war nicht von der Hand zu weisen. Niemandem konnte er diesen Mist unterjubeln. Ich weiss wie er tickt und er hat die Neigung alles Schlechte, Unangenehme jemand anderem in die Schuhe zu schieben. Meist drehte er alles so, dass ich als Schuldige dastand.

Ach du grüne Neune, wie steckte unser kleine Mann in der Klemme. Es war der Hund der sich in den Schwanz beisst. Wie sollte er so klein wie er war ein Gegenmittel herstellen können. Ich oder eines der Mädels waren dazu auch nicht in der Lage. Chemie war ein Fremdwort für uns und so wie ich mich kenne (immer in Bezug auf die Chemie gemeint), hätte ich seine Lage nur verschlimmert. Das muss ich einfach zugeben. Auch wenn er mich noch so instruiert hätte. Vermutlich wäre er mit meiner Hilfe noch ganz verschwunden oder wäre wie ein Ballon rumgeflogen unfähig je wieder einen Fuss auf den Boden zu kriegen. Somit stand fest, ich liess die Finger davon.

In den vergangenen Jahren hatte er sich im kleinen, dritten Zimmer einen Vorrat an Laborgefässen und allem anderen Nötigen angeschafft. Einiges gekauft, anderes bekommen. So entstand ein kleines Sammelsurium an Flaschen, Bunsenbrennern einfach alles was ein Chemiker benötigt. Oh, ich bitte um Verzeihung, ich vergass zu erwähnen, dass mein geliebter Gatte Chemiker gelernt hatte. Während seines ganzen Studiums arbeitete ich wie ein Pferd.

Zwei Jobs und ein Zuhause wollten gepflegt sein. Dann endlich seine erste feste Anstellung. Natürlich ein Idealisten-Job der kaum genug für Fahrspesen einbrachte. Seine Lieblingsausrede wie unentbehrlich dieser für seinen Werdegang sei. Prestige sei alles pflegte er mir zu erklären wenn ich ihn wieder einmal bat sich doch eine lukrativere Arbeit zu suchen. Nein, nein dieser Job sei enorm wichtig. Er werde sich auszahlen. Ich gebe zu, Rechnen war nie eine meiner Stärken aber Wenig geteilt durch Wenig gibt auch mit schlechten Rechnungskenntnissen Nichts. Und wie sich jetzt herausstellte, konnte auch mein Gott gleicher Ehegatte aus Grossem nur etwas Kleines hervorbringen. Dies wurmte meinen kleinen Mann ebenso wie es mich amüsierte. Meine persönliche und geheime Liste mit Spitznamen für den Mini-Mann wurde immer länger. Meine Freundinnen fochten ganze Wettbewerbe aus wer in der Lage war, den besten Übernamen herauszufinden. Die Resultate prasselten in Form von SMS, Telefonaten oder sprudelten persönlich nur so aus ihnen raus.

Zu Beginn fragten wir den Kleinen direkt was den eigentlich wirklich geschah an dem besagten Vormittag in unserer Wohnung. Doch er weigerte sich standhaft darüber zu sprechen. Er der nichts Beschämendes finden konnte wenn es sich um ihn drehte. Wenn er seine verkackten Unterhosen sichtbar für jeden **auf** den Wäschekorb warf. Diese in den Korb zu werfen, wäre pure Zeitverschwendung. Regelmässig hinterliess er das Badezimmer als hätte eine Bombe eingeschlagen. Wieviele Ehefrauen kennen meine Lage. Müde abgearbeitet kommt man von der Arbeit nach Hause und was findet man vor? Küche und Bad in desolatem Zustand und der Göttergatte pflatscht gemütlich mit Bier oder Gummibärchen vorm TV. Ein Pärchen aus unserem Freundeskreis liess sich scheiden, Scheidungsgrund: Gummibärchen. Das Gericht anerkannte die Tatsache, dass er jeden Tag nach getaner Arbeit heim kam sich hinsetzte und eine Tüte Gummibärchen ass.

Seine von ihm so geliebte Lederjacke aufzuhängen wäre Schwerstarbeit gewesen und seine dämlichen Stiefel warf er mit Genuss in irgendeine Flurecke.

Und zur Krönung: Schatz du stehst doch gerade bringst du mir nicht noch ein Bier?!

Fassungslosigkeit macht sich da in einem breit und das innere Fass wird um einen Liter mehr gefüllt. Doch auch das bringt es immer noch nicht zum überlaufen. Wie immer ergibt man sich seinem selbst auferlegten Schicksal und räumt ihm hinter her.

In unserem eingeschworenen Mädelkreis gab es bis vor kurzem nur alleine lebende und trotz all meinen Erfahrungen, Vorbildfunktion wünschte sie sich nichts sehnlicher als eine Familie. Diese Tatsache hat mich immer wieder fasziniert. Kinder hatten mein kleiner Mann und ich glücklicherweise keine. Wie hätten wir ihnen seine neue Grösse erklären können. Na hört mal ihr Lieben, wir haben ein neues Spielzeug für euch?! Das Wieso wir keine Kinder haben, waren wir nie in der Lage gewesen herauszufinden. Für ihn stand felsenfest klar, dass es nur an mir liegen könne. Er konnte sicherlich nicht der Grund dafür sein. Wieso auch. Tief in mir drinnen war ich immer erleichtert gewesen. Konnte ich mir doch kaum vorstellen, dass Kinder ihn verändert respektive verbessert hätten. Schon gar nicht meine Situation.

Es war ein Freitag als das Schicksal ohne Erbarmen zuschlug und er schrumpfte. Erst zwei Tage später fiel mir auf wie vehement er vermied zu erzählen was an diesem Vormittag in unserer Küche tatsächlich passiert war. Irgendwie hatte ich registriert, dass zwei leere Kaffeetassen in der Spüle gelegen hatten. Wieso sollte er aus zwei Tassen trinken insbesondere er eine gewisse Tasse bevorzugte. Ironischerweise die mit der Aufschrift „Ich bin der grösste Kaffeetrinker". Für mich war eines klar, er war nicht alleine gewesen. Einige Zeit später als mein kleiner Mann geplagt von Depressionen und Wut versuchte abzuhauen, benutzte ich eben diese eine Tasse um ihn wieder einzufangen. War es ja doch nur zu seinem Besten.

Am späteren Nachmittag, es begann zu regnen und versprach ein gemütlicher Abend zu werden. Die Mädels hatten mich in dieser Stunde der grossen Verwirrung nicht alleine gelassen. Wir beschlossen es uns im Wohnzimmer gemütlich einzurichten. Wein, Weib und Gefasel.

Wir hatten schon deutlich einen sitzen und dann kam sie, die Frage, die zwangsläufig einmal kommen musste: wie steht's den nun eigentlich mit dem Sex so der kleine Mann und du? Ihr könnt euch die Ergüsse, Bilder und Ideen was sich mit solch einem kleinen Wesen alles anstellen liesse kaum vorstellen. Schon beim Rückblick an diesen Abend werde ich butterrot. In dieser Nacht wurde eine komplett neue Sexart erfunden. Der arme Kleine. Eine noch harmlosere Variante war, ihn strippen zu lassen. Alleine schon die Vorstellung eine Stange für Poledance* in seine Puppenhausvilla einzubauen bescherte uns wohlige Fantasien. Oder nackt wie Gott ihn erschaffen hatte (und er sich), auf unseren Kör-

---

* Poledance = Tanzakrobatik an der Stange

pern rum hüpfen lassen. Wie sich dies wohl anfüh-
len würde. Ab jetzt kämen wir zum absolut nicht
mehr jugendfreien Teil was mich veranlasst es zu
lassen. Der arme Kerl mass noch ganze zwölf Zentimeter. Der hatte ja nicht mehr aufgehört zu
schrumpfen. Immer in zehn Zentimeter Schritten.
Ihr könnt euch nun selbst ein Bild davon machen
was wir mittlerweile stark betrunkenen Weiber uns
alles vorstellten? Er ertrank fast in seinem eigenen
Angstschweiss. Wusste er doch nicht zu was wir fähig wären. Eines möchte ich hier aber klarstellen,
angefasst hat ihn keine und würden es nie tun. Übrig blieben Tag- und Nachtträume. Mancher von uns
bescherte er todsicher auch später noch tolle Nächte. Doch wie erwähnt, es blieb bei den Fantasien.
Denn das hätte er trotz allem nicht verdient. Natürlich konnten wir's uns nicht verkneifen, ihn etwas
leiden zu lassen aber lange hielten wir dies nicht
durch es ist einfach nicht so unsere Art. Und nun
begann ein neuer Umgang zwischen ihm und mir.
Bin sowieso nicht in der Lage Menschen lange böse
zu sein. Immer stelle ich mir vor, wie es wäre wenn
ich selbst in solch einer Situation bin. Dies lässt
mich dann alles aus einer anderen Warte betrachten.
Immer wieder musste ich mir auch vor Augen halten, dass wir nicht wissen können wie lange dieser
Kleinst-Zustand anhalten wird und auf seine Rache

war ich nicht scharf. **ER** hätte sich gerächt und dies in fantasievoller Weise.

Wir versuchten immer wieder die ganze Wahrheit, was an diesem unheilschwangeren Vormittag passierte, aus ihm heraus zu kitzeln. Auf alle erdenklichen Arten versuchten wir's doch er blieb stur.

Zu unserer Wohnung gehört ein kleiner Gartensitzplatz. Mein Zufluchtsort, hier kann ich während dem ich eine Zigarette* rauche ungestört meinen Träumen nachhängen. Üppige Büsche und tolle alte Bäume umringen den gesamten Wohnblock. Vögel, Katzen, nächtliche Fuchsbesuche alles was dazu gehört, fliegt und umschleicht diese grüne Oase. Manche Sommer beehrten uns sogar Glühwürmchen mit ihrem Besuch. Diese liessen sich mit einem kleinen blinkenden Licht gerne in die Irre führen, das macht Spass. Blink blink einmal kurz, einmal lang und sie erwiderten mit demselben Blink Blink. Hier draussen bastelte ich dem kleinen Mann einen Frischluft-Korb. Ihn ungeschützt nach draußen zu lassen konnten wir nicht riskieren. Katzen hätten das zweibeinige Spielzeug geliebt und ihn vermutlich zu Tode gehetzt. Trotzdem, ich liebe Katzen. Er wäre zwar voraussichtlich vorab an einem Herzschlag gestorben bevor die ihn aufschlit-

---

* Rauchen schadet der Gesundheit

23

zen konnten. Aber solche Risiken einzugehen ist unnötig. So entstand später an Stelle dem Korb, ein kleiner Winter-Sommer-Garten. Passende Liegestühle, hübsche Frottiertücher und ein zweiter Swimmingpool durften auch nicht fehlen. Der kleine Kerl schwamm im Luxus. Ein eigenes Bade-Ressort mit schattigen Plätzen und einer Terrasse auf drei Ebenen. Ja, richtig auf drei Ebenen. Alles gut gegen die neugierigen Blicke der Nachbarn geschützt. Um sich bemerkbar zu machen gab es eine kleine elektrische Klingel. Man wusste ja nie was oder wer sich alles im Garten herumtrieb. Vorsicht ist die Mutter der Porzellankugel oder wie das heissen soll. Igel wären ihm wie Stachelmonster vorgekommen und die Mäuschen erst.

Leider begangen die Nachbarn sich bereits Fragen zu stellen; wo den mein Göttergatte sich befände und wann er denn wieder nach Hause kommen würde. Als selbstständiger Chemiker vermisste ihn wenigstens niemand bei der Arbeit was alles einiges leichter machte. Doch Getuschel machte sich in der Nachbarschaft breit. Den kleinen Tante Emma Laden vis-à-vis mied ich aus Vorsicht.

Der nächste Morgen kam und es traf mich wie ein Vorschlaghammer bei der ersten Tasse Kaffee. Ich muss hier weg. Habe ich doch etwas anderes verdient. Grosse Erklärungen benötigten meine Mädels nicht, sie fühlten mit mir. Aber ohne das nötige Kleingeld und mit dem kleinen Mann an der Backe, wie hätte so etwas vonstatten gehen sollen. Ihn durch einen Zoll, in ein Flugzeug zu schmuggeln, daran durfte nicht einmal gedacht werden. Viele Kaffees und Butterhörnchen später wussten wir was zu tun ist. Eines wurde immer klarer. Aus unserem kleinen Mann und seiner Formel musste sich Geld machen lassen und hoffentlich nicht zu knapp.

So begann die Aktion „wie kommen wir zu möglichst viel Geld - legal". Meinen Freundinnen schenke ich volles Vertrauen. Ihnen war ebenso bewusst, hätte die Öffentlichkeit etwas mitbekommen vom kleinen Mann hätte dies das Aus bedeutet. Kaum vorstellbar wie die Presse sich um ihn gerissen hätte und Vater Staat erst. Ohne jeden Skrupel hätte sich dieser Eintritt in unsere Wohnung verschafft um ihn dann kurzerhand zu beschlagnahmen. Zu wichtig wäre so etwas für Militär, Polizei und sicherlich auch für den Geheimdienst. Ja, geschweige denn für die Medizin!

Keine von uns war mit viel Geld gesegnet. Ein Handicap, dass es galt zu beseitigen. Eine Runde Nachdenken war angesagt. Als erstes kam Alkohol-Stopp auf die To-do-Liste. Dann was können wir auf die Beine stellen, wie liesse sich Kohle machen mit ihm ohne, dass die erwähnte Öffentlichkeit von ihm erfährt.

Irgendwo muss man beginnen. Dies taten wir indem wir ihn und die Situation einmal genau unter die Lupe nahmen. Die Jahre waren auch nicht ganz unbemerkt an ihm vorbei gerauscht. Ein Ansatz eines Bierbauches und ein kleines Doppelkinn, nichts wirklich Schlimmes. Aber planlos wie wir waren, beschlossen wir mit einem Sixpack würde er hammermässig aussehen. Püppchen mit Sixpack, einfach wau oder? Das kleine Doppelkinn stellte da schon eher eine Herausforderung dar. Zweimal täglich Gymnastik zur Straffung. Der kleine Mann verdrehte nur noch seine Augen.

Er selbst hielt das Ganze für einen miesen Scherz. Überzeugt davon, dass ich ihn wieder einmal nur versuchte zu bestrafen. Demonstrativ legte er sich in seine tolle Hängematte und gab uns zu verstehen, wieso er eigentlich kein Buch zum lesen habe, es könne doch nicht angehen in der heutigen Zeit von PC's, Laptops all der neuen Technik, dass er kein Buch bekomme. Die ganze innere Spannung fiel von uns ab wir brachen alle in Gelächter aus. Trotz allem uns war es bitterernst. Hatte er denn immer noch nicht erkannt wie es um ihn und unser Vorhaben stand? Durchziehen ist eine unserer obersten Devise du kleiner Held.

Trainingsgeräte brauchten wir kaum zu basteln. Alles Mögliche und Unmögliche diente dazu ihn schuften zu lassen. Ein Trainingsplan wurde erstellt. Unserem Einfallsreichtum war wieder einmal keine Grenzen gesetzt. Immer wieder versuchte unser kleine Mann sich zu verstecken, dachte er doch tatsächlich wir würden ihn nicht finden. Aber was kann ein so kleiner Mann schon gegen unsere Grösse ausrichten. Mit der Zeit wurde es ihm leid und er ergab sich. Ich gebe zu, etwas leid tat er mir aber gegen das Argument je mehr Geld wir einnehmen umso schneller könnte ihm geholfen werden dem konnte er nichts entgegenstellen. Chemiker würden ein Gegenmittel herausfinden können, überzeugte ihn dann komplett und er hörte auf sich gegen das Unvermeidliche zu wehren. Eines jedoch blieb immer noch beim Alten. Er wollte einfach nicht mit der Wahrheit herausrücken. Auch die Tatsache, dass er sich bis zu einem gewissen Zeitpunkt nicht alleine in der Wohnung befand an diesem Morgen, würdigte er nur mit Schweigen. Was war da gelaufen? Komischerweise stand damals einiges zu wenig an gebrauchten Laborgefässen herum. Ausser den umgekippten leeren Reagenzröhrchen auf dem Küchentisch war alles andere verschwunden als hätte jemand hastig aufgeräumt, besser gesagt Beweise verschwinden lassen. Mir fiel dies leider erst viel später auf. Total unüblich, normalerweise wenn ich nach Hause kam so schön müde und abgekämpft, musste ich ihn immer mehrmals dringlich bitten, seinen ganzen Mist endlich weg zu räumen damit wir essen konnten. Resultat davon, die Spüle überquoll von halb leeren Amphoren, Glasröhrchen und Instrumenten deren Namen ich nicht mal kenne. Abwaschen, könnt ihr 3x raten wer dies tat. Ob die darin befindlichen restlichen Flüssigkeiten ätzend oder noch was Schlimmeres waren interessierte ihn nicht. Er hatte sich's vorm TV bequem gemacht und schrie: „weisst du Darling ich kann doch nicht meine Soap verpassen!"

Doch heute nun drehte sich meine Welt um einen kleinen Wicht mit dem ich versuchte Grosses zu tun. Ich liebe diese Wortspiele.

Meine Girls und ich erstellten lange Listen. In einer Spalte vermerkten wir, was ist möglich und in der anderen das Unmögliche. Ziel war es herauszufinden wie im grossen Stil Geld mit diesem kleinen Kerl gemacht werden konnte.

Natürlich denkt jeder, das ist doch einfach, hunderte von Optionen ständen einem offen. Dem ist leider nicht so. Doch es würde noch einige Zeit andauern bis wir eine Lösung die allem gerecht wurde, fanden, aber es gelang uns. Doch hier greife ich vor.

Immer wenn uns wieder etwas einfiel wurden die Listen ergänzt. Es galt unsere Optionen möglichst genau zu kennen. Nur so würden wir in der Lage sein, heraus zu finden wie wir ans grosse Geld kommen könnten. Das grosse Minus, die Zeit lag uns im Nacken. Wer wusste schon wie lange sein Zustand wirklich anhalten wird. Einstimmiger Beschluss ergab, wir verdrängen diese Tatsache ganz einfach. Man denkt und arbeitet ansonsten einfach nicht gut. Negativ-Stress mindert die Arbeitsqualität. Nachdem unsere Listen einiges an Punkten enthielten, kristallisierte sich heraus, dass sich nichts wirklich Brauchbares darunter befand. Alles Wischiwaschi. So beschlossen wir, uns für ein, wie dies heute so schön heisst, dreitägiges Brainstorming* einzuschliessen. Unmengen an Essen wurde heran gekarrt bis unsere Küche vor Lebensmittel und Getränken überquoll. Ein ideales Weekend. Es regnete immer wieder und bei Kerzenlicht und möglichst wenig Alkohol wurde es in kürzester Zeit saugemütlich. Der Wohnzimmerboden war mit Schlafsäcken und Kissen belegt. Zwei Stangen Zigaretten* und viel Kaffee rundeten alles ab. Zuerst

---

* Brainstorming = Sitzung mit Mitarbeitern, sammeln von Ideen
  und Lösungsfindungen
* Rauchen schadet der Gesundheit

denkt man, man hätte Millionen von Möglichkeiten aber plötzlich wird einem klar welche Einschränken bestehen. So einfach wie es auf den ersten Blick scheint ist die Sache nicht. Seine Grösse ist genau so viel Handicap als es auch Möglichkeiten gibt. Es gilt den goldenen Weg zu finden. In unseren Hirnen kochte es. Zu Beginn sprudelten die Vorschläge nur so aus uns raus aber dauernd gab es ein grosses ABER oder WENN egal, sucht Euch eines davon aus. Eine von uns warf immer wieder gescheite Argumente in die Runde die dagegen sprachen. Langsam kroch Verzweiflung in uns hoch und in genau solch einem Moment verlangte unser kleine Mann nach einer Zigarette*. Er wolle auch rauchen denn immer wenn er genug Bier trank, verlange es ihn nach Tabak. Als hätte er einen Knopf gedrückt, jetzt bitte schallendes Gelächter, platze es mal wieder nur so aus uns raus. Es war unglaublich. Natürlich liessen wir uns erweichen und begannen Puppenzigaretten zu drehen. Mit Filter versteht sich. Zwei Stunden später in einer totalen Tabakkrümmel-Schweinerei sitzend, hatten wir den Dreh raus, kaum zu fassen. Der Depp konnte jetzt auch noch rauchen.*

---

*Rauchen schadet der Gesundheit

Pause, Pause stopp wir beschlossen diese draussen an der frischen Luft zu verbringen. Ihn alleine in der Wohnung zu lassen viel mir nicht im Traum ein. Er strahlte übers ganze Gesicht. Endlich einmal wieder raus aus der Wohnung. Ich hob ihn auf und liess ihn in seine Extratasche der Jacke gleiten. Zur Abwechslung fand er es sei nicht mal so ungemütlich, rumgetragen zu werden. Uns allen machte es unsäglichen Spass. Wenn die Menschen gewusst hätten was ich da in meiner Jacke rumschleppe. Ich konnte mir gut vorstellen die eine oder andere Herzattacke wäre inbegriffen gewesen. Mit Ohnmachten war ich bereits vertraut aber auf Gekreische, Getöse und Getrampel waren wir nicht aus. Menschen benehmen sich komisch in Ausnahmesituationen und so ein kleiner Mann ist so eine Situation. Ihm machte ich erneut mit deutlichen Bildern klar, wie gefährlich es würde, würde er entdeckt werden. So ging es nach Draussen. Feuchte, klamme Luft strömte uns ins Gesicht. Wir schlugen den Weg Richtung Wald ein und genossen es einfach. Eigentlich war ein erquicklicher Fussmarsch vorgesehen, schön wär's gewesen. Doch nach ca. zwanzig Minuten hielten wir auf der ersten kleinen Waldlichtung. Bis zum Vollmond fehlte nicht mehr viel und daher hielt sich die Dunkelheit in Grenzen. Klugerweise hatte eine von uns sogar eine Astronautenfolie dabei. Welcher Mensch denkt denn schon an so was wie eine Astronautenfolie (Folie um Körper usw., warm zu halten). Aber dieses Girl tat es, so ist sie eben, toll ganz einfach toll. Ja, gebe zu, etwas klein im Format ist die Folie aber das war unwichtig. Der kleine Mann durfte ebenso ungefilterte frische Luft atmen. Also raus aus der Tasche. Aber ich traute unserem goldenen Ei nicht und so musste er sich eine Fussfessel gefallen lassen.

Trotz, dass er auf mich angewiesen war, wieso hätte ich ihm trauen sollen. Wäre er weggelaufen wir hätten ihn nie mehr finden können. Zudem wäre er nicht aus einem bestimmten Grund ausgebüxt sondern einfach mal nur so. Murrend und Fäuste zeigend akzeptierte er seine Lage und genoss es trotzdem draussen zu sein. Rauchen durfte er auch. Es sah einfach allerliebst aus. Puppenmann raucht Puppenzigarette. Winziger Qualm stieg auf und wir bestaunten ihn erneut entzückt. In Korea gibt es Menschen die kleine Küchen mit Kühlschränken und Badezimmer bauen. Alles funktioniert. Stundenlang kann ich mich im Internet an solchen Bildern oder Videos ergötzen. So gerne hätte ich diesen Menschen vom kleinen Mann erzählt. Eine Kochsendung mit dem kleinen Mann. Er kocht und bäckt für Sie in Mini-Küchen. Minikekse, Mini-Sandwiches einfach alles mini. Vor meinem inneren

Auge sah ich uns bereits ganze Serien von Videos ins Netz stellen. Ich dachte wenn wir's geschickt anstellten, extrem vorsichtig wären, könnte dies eine erste Einnahmequelle sein. Sich etwas schlau machen wie Trickfilme erstellt werden, etwas gute Propaganda und die Follower kämen von selbst. Was frische Luft nicht so alles bewirkt! Scheinbar wird man wirr im Kopf vor lauter frischer Luft. So schnell wie wir ihn ins Netz gesetzt hätten so schnell wären wir aufgeflogen.

Sowie die Anzahl unserer Ideen wuchs, in dem Masse begann der kleine Kerl Ansprüche zu stellen. Ihm war aufgefallen wie einfach es für uns war seine Luxus-Wünsche zu erfüllen. Kleinigkeiten sind leicht zu bekommen und meist auch nicht sehr teuer. Seine Ideen wurden immer ausgefallener. Ich denke es wurde zu einer seinen Lieblingsbeschäftigungen sich auszudenken was er sich noch alles wünschen könnte. Ein Seidenhemd etwa. In seiner Grösse kann wirklich teure Seide vernäht werden. Eine Kaschmirdecke. Kaschmirpullis, Bettwäsche aus ägyptischer Baumwolle - die Liste war endlos. Sogar hier draussen im Wald fand er, er müsse Ansprüche stellen. Langsam stieg Wut in mir hoch. So drehte ich kurzum die Lautstärke seines Tonverstärkers auf Aus. Das tat ich auch wenn er wieder einmal versuchte etwas zu erpressen. Sollte er doch mit den Armen fuchteln oder einen Indianertanz aufführen um sich bemerkbar zu machen, es war mir egal. Wieso konnte er nicht einfach dankbar sein, dass er hier draussen rum laufen durfte. Wir wurden dadurch gezwungen, immer ein Mädel „Schmiere schauen" zu lassen. Es galt nicht nachlässlich zu werden. Alle 15 Minuten wurde gewechselt. Hatten wir das Gefühl es sei jemand in der Nähe, schwups musste er zurück in die Jackentasche. Bei Entwarnung hob ich ihn zurück auf die Astronautenfolie und er konnte weiter hüpfen und tun oder lassen wo es ihn auch immer zwickte. Langsam begann es kühl zu werden und der Rückzug war angesagt.

Tatsache war, wir hatten immer noch keine Idee. Eine Jahrhundertidee musste her. Es konnte doch nicht so schwer sein. Etwas deprimiert und müde kehrten wir zurück und beschlossen es für heute gut sein zu lassen. Wir leben ja nur einmal. Manchmal schossen mir Bilder durch den Kopf wie: weitere kleine Männer zu produzieren und dann Eile mit Weile mit diesen zu spielen. Oder ein Hot Dog, kleine zappelnde Beinchen zwischen zwei Brötchen, etwas Senf, Ketchup und den von den Amis so geliebten Krautsalat dazu und fertig war die Chose*. Vor Verzehr nehme man das Ganze auf Vi-

---

* Chose = Sache auf französisch

deo auf. Tut nur ja nicht so, als würde nicht auch anderen solch ein Mist einfallen. Ich kann nur immer wieder versichern, ich hätte niemals nie ihm etwas angetan. Was nicht nur äusserst gemein gewesen wäre, nein auch dümmer als dumm. Die Gans die goldene Eier legt zu töten. Aber es macht mir unsäglichen Spass in solchen Fantasien zu schwelgen. Meinen Mädels ging es um Nichts besser. Was Girls für Fantasien haben können, unglaublich. Oh, du armer kleiner Mann. Ob Du erahnen kannst zu was du gewisse Mädels anspornst. Ich denke er wäre noch stolz darauf gewesen. Oh wie gerne hätte ich ihn Trallala getauft.

Der Umstand immer noch keine Idee zu haben bescherte uns ein extrem ruhiges Frühstück. Die eine oder andere hatte vermutlich sogar einen kleinen Kater was weiter nicht spannend ist. Die Sonne begann ihre Wärme durch die Fenster zu senden und es versprach ein trockener Tag zu werden. Beinahe wie in Zeitlupe verlief der Vormittag. Die Ruhe vor dem Sturm. Das Gefühl von Wehrlosigkeit beschlich mich gepaart mit Verzweiflung. Es konnte doch nicht angehen, dass uns keine Lösung einfiel. Ich hatte das Gefühl, der kleine Mann beäuge uns etwas hämisch von der Seite was mich etwas zur Weissglut trieb. Ein Luftzug schoss durch die Küche gefolgt von einem Sonnenstrahl. Für einen Augenblick stand die Küche im goldenen Sonnenlicht. Genau in diesem Augenblick der absoluten Ruhe platze es aus einem der Mädels heraus. Sie schrie es förmlich in die Runde: Kinder ich habs, die Lösung all unserer Probleme. Wacht auf es wartet Arbeit auf uns. Ihre Worte liessen keinen Zweifel zu, schon gar nicht so früh am Morgen.

Zum Leidwesen ein, zwei Girls war ab nun Frühaufstehen angesagt. Der Weg ist das Ziel. Was gibt es nur für saublöde Floskeln auf dieser Welt. Der kleine Kerl glotze erstaunt. Langsam ging sogar ihm ein Licht auf, dass die Ladys tatsächlich eine Lösung gefunden hatten. Die Frage die er sich nun stellte, war sein Luxus-Dasein jetzt passé? Ja, das war es, was stellte er sich nur vor? Es ging ums Ganze. Wäre er etwas ehrlicher mit uns gewesen, hätte er zugeben müssen, dass ihm im Grunde genommen ein Stein vom Herzen gefallen war. Einfach so weiterleben wäre unmöglich gewesen. Auch war es unvorhersehbar ob sich seine Körpergrösse auf irgendeine Art wieder verändern würde. Dies zu leugnen wäre kindisch. Alles was er bis dato an Selbstversuche sich angetan hatte, endete damit, dass früher oder später entweder der Normalzustand sich wieder einfand oder alles in der runden Ablage*

---

* runde Ablage = Büroslang für Papierkorb

endete. Oder man schliesst seine Augen und schwups alles wird anders, besser und schöner! In seiner jetzigen Grösse war es ihm unmöglich Geld zu verdienen ohne sich zu outen wie es heute so schön heisst. Langsam kam mir der Verdacht auf, dass er sich eigentlich in Grund und Boden schämte. Er hatte gewusst an was er arbeitete und es noch dämlicherweise trank. Aber wer zur Hölle war zusammen mit ihm hier gewesen. Betrog er mich vielleicht sogar? Etwas Glück findet man immer im Unglück, wollte mich ja eh von ihm trennen. Diese zweite Person hatte hoffentlich keinen blassen Schimmer vom Resultat. Pech für die zwei, dass ich um einiges früher nach Hause gekommen war als üblicherweise. Zum Glück für mich und meine Girls. Karma wird so etwas genannt. Dieses Wort mochte ich schon immer. Schicksal, das klingt doch so unheimlich und düster. Aber Karma gibt einem Hoffnung und für mich sogar Schönheit.

Das kluge Mädel (das mit der Jahrhundert-Idee) schnappte sich ihren Laptop und tippte wie wild eine To-do-Liste. Englische Ausdrücke haben doch teilweise auch etwas für sich: To-do-Liste klingt wie eine Zeile eines Songs. Arbeitsliste hingegen klingt als ob man in ein Arbeitslager zwangsinterniert würde. Verzeiht mir meine Abschweifungen. Ich kann stundenlang in solchen Vergleichen schwelgen. X-mal trieb ich meine Freundinnen, Arbeitskollegen oder Geschwister damit beinahe in den Wahnsinn. Er, mein geliebter Gatte, hatte dass alles nie verstanden aber wenigstens still akzeptiert. So wirklich gemein war er nie zu mir gewesen, dies muss ich knurrend zugeben. Er war ganz einfach ein Macho der sich in dieser Rolle toll fand. Wie die halt so sind.

Für unser neues Unternehmen musste ein Namen gefunden werden. Nicht irgendeinen nein, einen guten Übernamen. Nicknames/Spitznamen zu verteilen das liebe ich und bin darin ziemlich gut. Ungern gebe ich zu, dass es sich diesmal erübrigte!

Ein Grossteil unserer selbst auferlegten Frist, war bereits abgelaufen. Die Idee wie wir mit dem kleinen Menschen Geld machen würden, war hammermässig. Leider passte dies dem Minizwerg mal wieder absolut nicht. Teilweise nachvollziehbar und teilweise gar nicht. Wut stieg in mir auf. Es konnte doch nicht angehen, dass er uns erneut tyrannisierte mit seinem Gequengel. Frust machte sich breit in mir und ich hasse Frust. Den kann ich nicht ausstehen. Militärischer Drill jetzt genau das Richtige. Mühelos packte ich ihn am Schlafittchen (hinten am Kragen aufheben). Es war so toll ICH konnte das und so setzte ich ihn in seine Mucki-Bude. Ja, er hatte eine. Gebaut auf ausdrücklichen Wunsch von

King Klein-Mann. Fluchend versuchte er es wieder einmal mit einer Bissorgie. Was wiederum mich noch wütender machte. Seinen Jogginganzug trug er bereits, also passend gekleidet fürs Training und Omen ist Omen, da kann man nix machen.

Tiraden von was, wie, wo und wozu und wer er überhaupt sei oder denke sein könnte, liess er vom Stapel bis es mir zu blöde wurde und sage und schreibe er mir wieder einmal leid tat. Etwas ruhiger versuchte ich ihm die Notwendigkeit von alldem zu erklären. Wie wichtig es sei, dass er fit, flexibel und auf alles vorbereitet sei. Ich weiss wie es ist wenn man fortrennen möchte aber dazu nicht in der Lage ist. Sehr deprimierend und eventuell unterhaltsam für Zuschauer. Wortlos ertrug er meine Rede. Ich machte ihm klar wie sinnlos es war sich zu wehren. Abgesehen davon seien meine Mädels und ich so was von am längeren Hebel und das Wichtigste wir sind doch nicht gegen ihn. Wortlos begann er zu trainieren. Eine hatte eine Erleuchtung. Ob wir nicht versuchen sollten zweigleisig zu fahren. Auf der einen Seite war da die Jahrhundertlösung. Auf der anderen Seite, quasi als zweites Standbein, die Idee mit der Sekte. Die hatte auch etwas für sich. Der kleine Mann, das unglaubliche Weltwunder, als Sekten-Oberhaupt das dazu noch in der Lage war mit Toten zu sprechen. Dann gab es noch einen Vorschlag, Daten-Diebstahl, Spionage eine männliche Matahari sozusagen. Ein angenehmes Frösteln überkam mich. Die Spionage-Idee roch förmlich nach Abenteuer. Das war zu viel des Guten. Wir entschieden daher bei der Jahrhundertidee zu bleiben. Das Sektendebakel, als Notfall-Plan, im Hintergrund zu behalten.

In diese Entscheidung galt es nun vorbehaltlos alle unsere Kräfte zu investieren. Jede von uns besass gute Eigenschaften und wir wussten was Zusammenhalt und sich Ergänzen bedeuten konnte. In der Vergangenheit haben wir dies uns mehr als nur einmal unter Beweis gestellt.

Zuerst galt es die Basis, das Gerüst zu klären. Tätigkeiten zu verteilen. Das nennt man Teamwork. Immer wieder Sonntags kommt die Erinnerung, ist nur so ein Songtext der mir mal wieder nicht aus dem Kopf will, hat mit all dem nichts zu tun. Doch bevor wir starteten war mir wichtig, dass jedes der Girls sich nochmals fragte ob sie wirklich in dieses Unternehmen voll einsteigen wollte. Ich brauchte von jeder ein klares Ja. Ein allerletztes Mal. Was dann auch immer kommen würde, klar war dann, dass keine bei der kleinsten Schwierigkeit aussteigen würde. Knatsch sollte dann kein Hindernis am Weitermachen sein. Den gibts bei allen mal. Nach diesen Jas gibt es kein Entrinnen mehr.

Noch eine Nacht Bedenkzeit darauf bestand ich. Meine Erfahrungen zeigten, dass bei solchen Entscheidungen es wichtig ist, dass eine Nacht Schlaf dazwischen liegt. Daher beschlossen wir, uns schlafen zu legen um uns dann am nächsten Tag unsere Entscheide mitzuteilen. Wir schworen uns, wie wir uns auch immer entschieden, dies vorbehaltlos zu akzeptieren. Aber natürlich, was soll ich sagen, alle wollten mit dabei sein. Keine wollte sich so etwas entgehen lassen.

Die Jahrhundert-Idee

Bevor das eine Pfunds-Mädel die Jahrhundertidee hatte, waren wir am Boden zerstört. Aber als sie plötzlich (die ansonsten eher Ruhige) laut in die Runde rief: Mädels ich hab's, spürten wir alle, ja das ist es. „Wir verkaufen den kleinen Mann." Zuerst verstanden wir nur Bahnhof. Was sollte das. Wenn er verkauft war, war er weg und es würde uns kein Zweiter zur Verfügung stehen. Aber sie strahlte über das ganze Gesicht und meinte: „Immer wieder treffen sich die reichsten Menschen der Welt zu geheimen Versteigerungen. Bei solchen werden die unglaublichsten Sachen angeboten. Junge Menschen weibliche als auch männliche. Möbel, Bilder alles Verbotene und nicht Verbotene. Grenzen gibt es keine. Alles nur eine Frage von Nachfrage und Angebot. Da an solchen Veranstaltungen die Reichen der Reichen vertreten sind, wird nie jemals etwas dagegen unternommen. Kinder, extrem seltene Tiere einfach alles. Die Liste ist endlos.

Ja, ich gebe zu, wir alle wollten endlich auch einmal ein Stück vom Kuchen. Wir hatten es satt immer nur die netten Angestellten zu mimen. Richtig angepackt und wir hätten ausgesorgt. Was sonst könnte man mit dem kleinen Ding anfangen? Unser Girl hatte beim arbeiten immer wieder von diesen dubiosen Versteigerungen gehört. Einen einzigen Reichen galt es kennenzulernen. Einer der anbiss das würde genügen. Bums, fertig war die Chose. Es dürfte auch nur ein einziger unser kleines Goldstück in Natura sehen als Beweis das musste ausreichen.

Ein Jemand der dieses unvorstellbare Wesen sehen und uns ab dann unterstützen könnte. Das einzige total Heikle war, ab dann müsste der kleine Mann in absoluter Sicherheit aufbewahrt werden damit er nicht entführt werden konnte. Je länger wir über diese Idee nachdachten je mehr gaben wir ihr recht. Das IST die Jahrhundertidee.

Mit unserem kleinen Mann sind wir fünf. Er soll auch seinen Teil beitragen, das war nur gerecht. In der Hektik hatten wir ihn beinahe vergessen. Wir drehten uns nach ihm um, er lag alle Viere ausgestreckt auf dem Boden seines Hauses. Es kam uns vor, als würde er nach Luft schnappen. Wie wenn eine unsichtbare Hand langsam seine Gurgel zudrücke. Er japste, flappte und war nicht einmal mehr fähig mit seinen Armen zu wedeln. Sein knallrotes Gesicht, die komischen Geräusche die seine Füsse beim Scharren machten, erschreckten uns und wir wussten, reagieren sofort reagieren. Eine rief, hopp seine Beine in die Luft heben, eine andere meinte schreiend aus ihrer Sitzecke, klopft auf seinen Rücken. Vor lauter Verzweiflung tat ich beides. Ich hob ihn an seinen Füsschen hoch und klopfte, aus meiner Sicht, sanft sein Rückelein. Es half. Förmlich spürbar machte sich Erleichterung breit. Himmel, wäre das doof gewesen, Hauptakteur verstorben an Luftmangel. Tolle Schlagzeilen und wie erklär ich's meinem Kinde, seinen Eltern und Geschwister. Plötzlich wurde mir bewusst, dass ich/wir bisher keinen einzigen Gedanken an seine Familie verschwendet hatten.

Scheinbar hatte ich diese Erleuchtung laut ausgesprochen was den kleinen Mann dazu veranlasste zu lachen. Zuerst eher verhalten dann aber brach es nur so aus ihm heraus. Er kugelte sich, schlug sich auf seine hübschen Schenkel und hämmerte gegen eine Wand mit seinen so kleinen süssen Fäusten. Zu allem Elend, es sah so niedlich aus. Kleiner Mann tobt nicht vor Wut nein, vor Lachen. Jetzt japste er und rang nach Luft, schon wieder. Innerlich machte mir das Ganze etwas Sorgen. Auch kleine Männer können eine Herzattacke erleiden oder? Dazu das Problem mit seinen Eltern und Geschwister. Viele Besuche haben wir ihnen nie abgestattet. Er bevorzugte zu telefonieren. Manchmal quasselte er stundenlang mit seiner Mutter. Sein Vater war von der wortkargen Sorte. Bei gemeinsamen Essen erwiderte er Fragen meist mit einem männlichen Gebrummel.

In der Zwischenzeit war es Nacht geworden wir waren müde und etwas angespannt. Der Kleine konnte kaum mehr auf seinen Beinen stehen. Wir alle fanden es sei genug für heute. So zogen wir uns zurück, jede in ihre Schlafecke. Der einzige der ein übergrosses Schlafzimmer sein eigen nennen konnte war er. Wir hatten ihm ein Monsterbett gebastelt. Alles war überdimensional. Irgendwann viel, viel später gestand er mir, wie sehr er diesen Luxus genossen hatte. In dieser Nacht konnte keine so richtig einschlafen. Endlich fielen alle (beinahe wie auf Kommando) in den Tiefschlaf. Nach dem Aufstehen hielt es niemand länger aus. Am Küchentisch versammelt, platzen beinahe alle gleichzeitig mit ihren Vorschlägen und Ideen raus. Für uns war es im Grunde genommen egal ob unser Vorhaben gelingen würde. Verdammt wichtig, dass wir's versuchen. Eines war gewiss, eine spannende Zeit lag vor uns und das bedeutete Leben zu spüren. Der kleine Mann schien irgendwie stolz auf uns zu sein. Beinahe verliebt schaute er uns alle an. Wir fühlten uns extrem geborgen. Alle ziehen vorbehaltlos am selben Strick. Das ist Familie für mich. Jetzt wars Zeit für ein gutes Frühstück. Noch einmal gemütlich zusammen sitzen. So feierten wir den Start unseres Unternehmens.

Planung ist das A und O. Heute gestaltet sich die Suche nach einer passenden Person oder Ort viel einfacher dank Internet. Ob die von uns gesuchte Person weiblich oder männlich sein sollte war gar nicht so einfach zu entscheiden. Vor- und Nachteile gab's auf beiden Seiten. Ob wir wirklich eine Auswahl hatten, wussten wir eh nicht. Wir versuchten einfach auf alles gefasst zu sein. In der Arbeit hatte ich die Erfahrung gemacht, dass man besser zu viel einkalkuliert als zu wenig. Weglassen ist nicht schwer aber währendes etwas neu einzuplanen kann sich als kontraproduktiv herausstellen.

Schmerzlich wurde mir bewusst, was ich als erstes tun musste. Ohne diesen Schritt würde nichts zustande kommen auch mit den grössten Bemühungen nicht. Der kleine Mann und ich mussten uns aussprechen. Klarschiff machen. 100%-ig offen zu einander sein. Wir benötigten sein volles Dabeisein. So schnappte ich mir, nachdem ich die Mädels über mein Vorhaben aufgeklärt hatte, ein alkfreies Gingerbeer. Er wünschte sich ein „richtiges" Bier dann suchte ich uns eine einsame Ecke mit Blick nach Draussen. Er dachte genauso wie ich. Dass diese Aussprache längst überfällig war, wussten wir beide. Im Innersten war uns auch klar, dass es unsere Abschieds-Aussprache wird. Wir befanden uns mitten in der Trennung komme was da kommen wolle. Hass, Wut lagen hinter uns. Unverständnis und hunderte von offnen Fragen brannten uns auf der Zunge. Wie beginnt man so eine Aussprache? Am Ende sollten sich zwei Freunde gegenüber sitzen. Es lag nicht in unserem Interesse es hässlich enden zu lassen. So nahmen wir eine möglichst angenehme Sitzstellung ein, irgendwo muss man anfangen und plötzlich quatschten beide gleichzeitig drauflos. Keiner verstand nur ein Wort. Wir versuchten uns richtig tief in die Augen zu schauen aber dies war eher ein schwieriges Unterfangen. Schmunzeln, grinsen und stopp. Zum ersten Mal seit Langem erfüllte uns wieder ein gemeinsames Gefühl. Entspannung und innere Ruhe machten sich breit. Der erste Punkt den wir klären konnten war, dass wir es ernst meinen mit dem Ende unserer Beziehung, dass dies nicht nur eine Floskel ist. Es fühlte sich an wie ein heisser Tee in einer bösartig kalten Nacht. Dampfend und wohltuend. Wo sollte ich loslegen ohne alles neu Erschaffene zu gefährden. Ich wollte nicht mit der Axt ins Haus fallen. Trotzdem musste vieles ausgesprochen werden. Leise beinahe flüsternd begann ich ihm Fragen zu stellen, meine Gefühle zu schildern. Unklarheiten zu beschreiben und immer wieder versicherte ich ihm, dass ich meine 50% dazu beigetragen hatte in dem ich schwieg, immer alles einfach ertrug. In meine eigene Welt geflüchtet war. Je mehr aus mir heraussprudelte umso klarer wurde, er hatte auf seine Weise dasselbe durchlebt. Auch er fand in so vielen Situationen, Schweigen ist Gold und Silber ist, bla bla blau bla bla gelb blau alles Ausreden. Feigheit, sich drücken in einem Moment der der Wahrheit bedurft hätte. Sacré bleu, wie oft wüsste man es besser aber man tut es nicht, lässt es bleiben und die Chance verstreichen. Es wird jedesmal etwas leichter das Schweigen und gegen Ende (vor dem Fass-Überlaufen) wird es zur totalen Gewohnheit. Keinen stören mehr die Geheimnisse des anderen. Stillschweigen ist einfacher für beide. Die gemeinsamen Wünsche, Träume, Ferien in fernen Ländern, eine andere Wohnung, Stadt wechseln und und und alles wird langsam aber sicher in irgend eine symbolische Schublade weggepackt. Eines Tages holen wir's raus, sagt man sich, ganz sicher. Einfach im Moment, im Moment geht's nicht. Verschoben ist doch nicht aufgehoben. Es summiert sich und es gibt sogar Wünsche die man total vergisst. Nicht mal in einem Geheimfach findet sich für diese noch ein Plätzchen. Wie konnten wir bloss. Es fühlte sich an wie ein Zeichen, ein Omen was mit ihm geschehen war. Langsam begannen wir zu verstehen. Unsere Leben wurden auf skurrile Weise gerettet. Wie Schuppen fiel es uns von den Augen. Und wie herrlich es ist sich auszusprechen. Ein religiöser Mensch würde jetzt von göttlicher Erlösung und Auferstehung reden. Ja, ich gebe zu diese Beschreibung kam der Sache echt nahe aber ich nenne es „die innere Reinigung". So wie ich die schmutzige Küche putze und mich dazu so richtig ins Zeug lege, so fühlte es sich für ihn und mich an. Es ist doch herrlich nach dem Duschen es sich in frischer Bettwäsche kuschelig bequem zu machen. Dies gibt einem doch auch eine Art Wonne. Die Gewissheit, dass wir am Ende Freunde bleiben manifestierte sich immer mehr und liess uns bis ins kleinste Detail gehen. Wir versuchten nichts ungeklärt zu lassen.

Es erging uns wie Millionen anderen Verheirateten auf dieser runden Kugel die Welt genannt wird. Mit der Zeit verliert man das Interesse an unserer besseren Hälfte. Sex, das ist das Erste das auf der Strecke bleibt. Keinem von uns beiden fiel es auf, geschweige denn verlor einen Gedanken daran oder? In der ersten Zeit beruhigt es einem sogar, dass keiner auf Sex beharrt. Schlimm ist einfach wie schnell man sich damit abfindet sogar zufrieden gibt. Er hätte den Sex vermisst gestand er mir. Und jetzt wo er nicht wisse ob er jemals wieder so etwas wie Sex haben könne sei es noch viel schlimmer. Und das sei nur eines der Dinge die ihn im Moment so was von fertig machten. Was passiere hier und wieso ausgerechnet ihm. Was bitte soll man denn auf so etwas antworten. Zuhören und ernst nehmen. Zum Lachen war mir nicht zu mute.

Genug, unser Ziel hatten wir mehr als nur erreicht. Wenn ich ehrlich bin, gab's nichts mehr zu sagen. Komplett erschöpft, schleppte ich uns zwei, er ist nämlich richtig schwer dieser kleine Kerl, nein das ist er nicht, das ist doch unmöglich so ein Ding von 12 cm. Jedenfalls waren wir erlöst und was übrig blieb war die offizielle gerichtliche Trennung. Doch das muss aus ersichtlichen Gründen warten.

Erleichtert versuchten wir uns die Hände zu schütteln. Eine Umarmung wäre ungeschickt gewesen. Seine Händchen waren eiskalt und liessen mich aufschrecken. Wie Nadelstiche trotz allem nicht unangenehm. Das war das Ende unserer Beziehung und zugleich ein toller Neubeginn. Einfach super toll, hätten wir dies unter anderen Umständen auch so hingekriegt? Ich bezweifle dies schwer. Wir wären uns selber total im Weg gestanden und es hätte Kramer vs Kramer* entsprochen. Tief und traumlos schlief ich bis in den späten Vormittag. Die Girls waren in der Zwischenzeit, wie immer, nicht untätig gewesen. Küche, Bad und Wohnzimmer blitzten nur so vor Sauberkeit. Einfach genial. Frischer Kaffee stand bereit und auf dem Küchentisch stand eine neue Flasche meines geliebten Gingerbeers. Er wollte sich nochmals aufs Ohr legen und so setzten wir anderen uns hinaus in den Gartensitzplatz. Meine Mädels meinten hui du siehst aber erlöst aus. Ist das wirklich so toll, wird da so vieles aufgelöst, geklärt und wieder begraben, neu hervorgeholt? Zehn Jahre jünger oder vielleicht sogar mehr soll ich gemäss ihnen aussehen. Herrlich zehn Jahre jünger und erreicht in nur einpaar Stunden. Das bringt keine Kosmetik fertig auch wenn uns die Hersteller das

---

* Kinofilm „Die Scheidung" von S. Spielberg

Blaue vom Himmel versprechen, es uns glauben machen wollen. Manche dieser teuren Salben und Cremes verjüngen einem um mindest 10 bis 20 Jahren. Natürlich täte es dem Hersteller leid, nicht von Heute auf Morgen aber nach emsigem Gebrauch und vielen, vielen Rupien* weniger, ganz sicher. Und schon wieder hab ich Hunger. Immer bekomme ich Hunger bei so miesen Versprechungen. Leider gaben in der Vergangenheit viele Versprechungen meines Mannes Anlass zum Essen und es erstaunt daher niemanden, dass ich hübsch zugelegt hatte. Umso gieriger wurde ich auf unser Vorhaben. Anmerkung meinerseits; plötzlich fiel mir nämlich auf, dass ich in den letzten Tagen kaum noch Heisshungerattacken hatte. Eine Sucht von mir heisst Zucker. Ohne diesen würde ich enorm leiden. Die Hoffnung, dass ich abbauen oder gar ganz weglassen könnte, diese Vorstellung war gar nicht so weit entfernt wie sie mal war. Eine geniale Nebenwirkung. Oh, lass es wahr werden.

Später bemerkten wir, dass unsere Aussprache uns äusserlich und daher hundert pro auch in unserem Innersten verändert hatte. Wir strahlten wie ein kleines Kind, das eifrig seine Wunschliste für den Weihnachtsmann schreibt. Er hatte den Wunsch ge-

---

* indische Währung

äussert bevor wir mit unserem Vorhaben starten, ob wir ihm nicht noch ein zusätzliches Stockwerk anbauen würden. Ein tolles Omen fanden meine Mädels. Das sei doch der perfekte Start in unsere gemeinsame Zukunft. Also taten wir ihm diesen Gefallen! Möbel wünschte er sich keine. Es sollte ein grosser Raum mit weichen Teppichen, einigen Kissen und Topfpflanzen werden. Noch einer meiner Ticks ist, ich mag keine Möbel. Stühle, Sofas, Tische usw. empfinde ich als Hindernisse als Ballast. Er gestand mir, dass er in der Zwischenzeit den Vorteil ohne all dies zu leben, erkannt hätte. Er habe zu Baubeginn des Puppenhauses nur auf so viele Möbel bestanden um uns zu ärgern. Nicht wütend werden, nein wir werden nicht mehr sauer. Die Unschuld vom Lande war ich ja auch nicht. Wichtig war, dass ab nun normale Verhältnisse herrschen. Vermutlich werden noch einige kleinere Wahrheiten so nebenbei auftauchen, schätzungsweise auf beiden Seiten. Doch nun galt es unser Vorhaben um zu setzen. Manchmal wenn unsere Köpfe rauchten und nur noch Pausen helfen konnten, stellte ich mir vor wie es wäre, wenn ich den kleinen Mann in einen Urlaub zu einem meiner Tauchausflüge mitnähme. Ja, ja unmöglich so wegen Druckausgleich, Atemluft und was auch immer aber für euch Skeptiker, so zu schrumpfen gibts doch auch nicht und trotzdem war es geschehen. Es wären tolle Tauchgänge geworden. Wo der überall hinein hätte kriechen können. Ob die Fische ihn als potenziales Futter wahrgenommen hätten? Im warmen Salzwasser bei 15-20 Meter unter der Wasseroberfläche wundervolle bunte Korallen, der kleine Mann und ich vereint im Tümpel der Fantasien. Pitsch patsch wir werden nass. Einfach nur toll. Ein kleiner Mann gibt einem tausende Möglichkeiten zu träumen, das könnt ihr mir glauben.

Was sind wir alle heiss auf unser Unternehmen. Das Leben zu spüren bis in die letzten Knochen. Es war einfach wundervoll. Der erste Punkt auf unserer To-do-Liste war uns Zeit zu verschaffen. Nebenbei zu arbeiten konnte nicht angehen. Auch musste das Hauptquartier bestimmt werden. Das wurde aus Anstand dem kleinen Mann gegenüber unsere Wohnung. Er musste in alles einbezogen werden. Willkommen neues Mitglied. Dumm war er ja auch nicht. Seine Ideen, Vorschläge und Einwände waren effizient. Es stärkte sein Selbstbewusstsein. Das ziemlich im Keller ist seit seiner Schrumpfung. Macho-Man als Puppe. Passt irgendwie nicht zusammen. Er entwickelte Minderwertigkeitskomplexe. Eine total neue Seite. Machte ihn sogar noch sympathisch. Das pure Gegenteil seines Werdeganges. Reihum riefen wir unsere Arbeitgeber an um uns krank schreiben zu lassen. Über Infektion, Migräne und Durchfall, jede von uns liess sich einen anderen Grund einfallen wieso es unmöglich war zur Arbeit zu erscheinen. Wir geben hier an dieser Stelle keine Ratschläge fürs Blaumachen. Aber was würden wir tun wenn der kleine Mann plötzlich wieder in sogenannter Normalgrösse neben uns steht. Alle arbeitslos. Vier Wohnungsmieten, Verpflegung und so weiter und so fort, alles kostet Geld. Ja, es war unfair unseren Arbeitgebern gegenüber und stolz darauf waren wir auch nicht aber gezwungen so zu handeln aus verständlichen Gründen finde ich. Zu früh Risiken einzugehen. Sollte unser Unternehmen gelingen, so schworen wir, würden wir (je nach Arbeitgeber) versuchen es zu bereinigen. Jedenfalls nahmen wir uns dies fest vor.

Wir schleppten haufenweise Waren an. Alles was Mädels so benötigen. Manchmal fiel mir meine Kinnlade runter. Mein Gott, was brauchen denn Frauen alles so an Kosmetika, unglaublich. Dass ich auf einem total anderen Trip bin was Kosmetika, Wasch- und Duschsachen anbelangt, war kein Geheimnis. Parfüms waren verboten mitzubringen. Ich hab ja wenige Allergien aber auf Parfüms reagiere ich übel. Zuerst beginnen meine Augen zu beissen, dann belegt eine Art Pelz meine Zunge, wandert die Speiseröhre runter in die Magen-Darm-Gegend. Effekt: es wird mir so was von speiübel. Erbrechen ist vorprogrammiert. Menschen die sich mit Parfüm oder Aftershaves übergossen, zwingen mich immer wieder öffentliche Verkehrsmittel abrupt zu verlassen. Bei der nächsten Station auszusteigen. In Zügen kann ich in der Regel in ein anderes Abteil fliehen. Somit war klar, Parfüms waren untersagt. Verlängerungskabel, Ladekabel, Chargers, Berge von Batterien, allein die Technik füllte eine grosse Ecke des Wohnzimmers. Um spätere Unklarheiten zu vermeiden, zwang ich die Mädels ihre Dinger mit Namen zu versehen was sich als sehr praktisch herausstellen sollte. Schlafsäcke, Kleider und Unmengen von Kaffee und anderen Lebensmitteln füllte unser Hauptquartier bis unter die Decke. Wir hofften, dass wir nicht unnötig auffielen beim Entladen der Autos. Die lieben Nachbarn haben ihre Augen und Ohren überall. Das Kellerabteil konnten wir daher nur bedingt nutzen. Unauffällig sein, eines der obersten Gebote. Schlafplätze wurden neu zugeteilt. Ein Putzplan erstellt und eine Liste mit wer wen vertritt bei Abwesenheit. Zuletzt noch einen Plan den wir „es fehlt etwas" tauften, erstellt. So war klar wer aufstand um das Fehlende zu besorgen. Sogar eine Liste wer Pizza bestellen musste gab es. Ziel des Ganzen, keine Nebensächlichkeiten sollten uns Zeit stehlen. Jede von uns war sich über

die Wichtigkeit der Einhaltung dieser Abläufe bewusst. Es erspart einem abgesehen von Zeit auch
einiges an Knatsch. Stress lässt manche Menschen
fies oder wie mich zum Ja-Sager werden. In Stress-
zeiten kann ich nicht Nein sagen. Bei der Arbeit
wird das immer reichlich von den Arbeitskollegen/-
innen ausgenutzt. Ob bewusst oder unbewusst spielt
keine Rolle. **Ich** bin diejenige die nicht ablehnt.
Nein, kein Problem das mach ich schon gib es mir
ruhig. Wie oft musste ich dann miterleben, nicht der
Zeitmangel zwang die Arbeitskollegen mir alles zu
überlassen, nein die stellten ihre PCs ab, knallten
die Telefonumleitungen rein um mir dann seelenruhig ein tolles weekend oder Feierabend zu wünschen. Schweife ich mal wieder ab? Macht nix denn
sich alles von der Seele zu schreiben ist eine der
genialsten Therapien die total funktioniert!
Jedenfalls, es war so weit. Dachten wir zu mindest.
Die Vorräte waren angelegt, alles eingerichtet und
dann die Haustürklingel, laut und deutlich schrillte
sie in unsere geschäftige Runde. Ganz, ganz langsam schlich ich nach vorne zur Tür. Im Türspion
sah ich eine unserer Nachbarinnen. Es war Madame
besonders neugierig. Diese Frau ist von der Sorte:
man muss doch seine Nase in alles stecken, das ist
man seinen Nachbarn schuldig. Darüber wundern,
dass dieses Weib (man verzeihe mir den Ausdruck)

vor unserer Haustüre stand, erübrigt sich. Früher oder später rechneten wir mit Madame Neugier. Trotzdem stieg Wut in mir hoch. Lernunfähig ist dieses Weib. In der Vergangenheit hatten wir ihr mehr als nur einmal zu verstehen gegeben, dass sie im Grunde genommen nicht wirklich willkommen bei uns ist. Das ist sicherlich wie ein Schnellzug durch sie durch. Ignoranz ist eine ihrer Stärken. Ich muss sie mit einem sehr, sehr guten Argument abschütteln. Es schien als käme sie nicht mit leeren Händen. Das durchtriebene Luder. Die hatte sich etwas zusammengesponnen und stellte sich sicher vor, dass bei uns ein Frauenkränzchen abgehalten wird. Kaffee und Kuchen inklusive viel, viel Tratsch. Falsch gedacht. Achtung bei uns ist eine ansteckende Seuche an Bord. Auf Schiffen wird die schwarze Flagge gehisst, bedeutet: Achtung die Pest hat dieses Schiff fest im Griff. Um zu vermeiden, dass sie einen Fuss zwischen die Türe kriegt, öffnete ich lediglich den Türspion. Nicht ohne vorher einen gebührenden Hustenanfall vorzutäuschen. Mit krächzender Stimme fragte ich sie was denn ihr Begehr sei, wie ich ihr helfen könne. Eines der Mädel hatte es sich unter dem Spion, auf dem Boden den Rücken an der Türe gelehnt, bequem gemacht und liess es sich nicht nehmen dauernd an meinem Pulli zu zupfen dazu schnitt sie fürchterliche Grimassen.

Madame Neugier war irritiert. Sie hätte uns doch noch vor kurzer Zeit gesehen wie wir Unmassen von Einkaufstüten in die Wohnung schleppten und hätte keine Krankheit erkennen können. Wo den mein Göttergatte sei. Sie könne doch uns etwas pflegen, Kaffee/Tee kochen. Auch ihr mitgebrachter Apfelkuchen sei doch absolute Spitze. Stimmt der ist der Hammer aber das ist auch schon das Ende der Fahnenstange bei Madame Neugier. So sehr sie drängte und versuchte mich umzustimmen umso mehr kugelte sich das Mädel zu meinen Füssen vor Lachen. Was mich hingegen langsam zur Verzweiflung trieb. Ich begann alle Symptome einer Magendarm-Seuche aufzuzählen. Auch würde ich unter keinen Umständen wünschen, dass sie angesteckt werde gab ich Madame Neugier zu verstehen. Noch bevor sie ein zweites Mal nach ihm oder sonstige Fragen stellen konnte, schloss ich kurzerhand den Türspion und wartete auf ihren Abmarsch. Der liess noch etwas auf sich warten. An den Geräuschen liess sich klar erkennen, dass sie ihr Ohr an unsere Türe gedrückt hielt in der Hoffnung doch noch irgendeine Information aufzuschnappen. Da wir uns krampfhaft still verhielten, stampfte die Dame endlich lärmend davon. Draussen blieb sie plötzlich stehen. Die überlegte sich doch tatsächlich ob sie hinter's Haus gehen soll, zu unserem Gartensitzplatz. Ich riss das Badezimmerfenster auf und rief ihr zu, dass mein Mann und ich ihr einen schönen Tag wünschten, einen besseren als wir ihn hätten. Endlich machte sie sich von dannen und wir konnten in unserer Planung weiterfahren.

Eine kleine Feier sollten wir uns doch noch gönnen fanden die Mädels. Der kleine Mann schlief tief in seiner Hängematte und so beschlossen wir ihn in seinem gerechten Schlaf nicht zu stören, wir wollten ihn nicht damit belästigen, dass wir einen letzten Abend mit einem gemütlichen auswärtigen Abendessen verbringen. Mitnehmen konnten wir ihn nicht, leider. Ein alkoholisches Getränk zur Feier des Tages würden wir uns auch gönnen. Es war einfach toll wie wir uns alle an die Alkoholabstinenz hielten. Solch ein Gemeinschaftsgefühl das dies einem gibt, ist nicht einfach zu toppen. Kumpels mit denen man Pferde stehlen kann. Nichts ist mit dem vergleichbar. Kids würden vermutlich dazu sagen: es ist einfach geil, geil geil und jawohl das ist es. Und ja das gibt es noch. Nachdem wir uns alle die Bäuche vollgestopft hatten und das tolle Essen mit einem Eis abschlossen, wurde uns klar, es wird sehr lange dauern bis wir wieder so gemütlich zusammen sitzen können. Wehmütig betrachtete ich meine Mädels und wenn ich richtig sah, hatte die eine oder andere sogar etwas feuchte Augen. Nach

Hause gingen wir zu Fuss. Nach dem vielen Happe-Happe, tat uns Laufen gut. Jede hing ihren eigenen Gedanken nach. Keine von uns mochte mehr grossartig reden. Zuhause angekommen, abschminken und dann Rückzug. Mehr lag nicht mehr drin. Ein Kontrollbesuch beim kleinen Mann, ohne diesen konnte ich mich nicht zurückziehen, ergab, dass er tief und fest schlief. Wenn grosse erwachsene Menschen schnarchen wirkt dies eher abstossend und nervig. Aber so ein kleines Ding das ist putzig. Nachdem ich ihn einpaar Minuten betrachtet hatte, zog auch ich mich in mein Bett zurück.

Lange schlafen war uns nicht vergönnt. Wir waren angespannt, nervös und auch neugierig auf unsere Zukunft. Jetzt wurde es ernst. Noch einen guten Morgen-Kaffee und dann konsultierten wir unsere Listen wer was zu erledigen hatte. Mit vier Frauen in einer Wohnung merkten wir schnell wie praktisch der Zeitplan fürs Duschen ist. Alles war aufgeräumt, Mädels sauber und angezogen. Ab an die Besprechung. Der Platz dafür war sogfältig ausgesucht, die halbe Wohnung hatten wir umgestellt. Es gibt so gewisse Nachbarn die nicht davor scheuen an fremden Türen oder gar Wänden zu horchen. Eine Erfahrung die wir machen durften. So war es klar, kein Wort durfte draussen ins Treppenhaus gelangen. Vereinbart war auch, dass wenn wir uns auf

dem Gartensitzplatz befanden nur Belangloses ge-
quasselt werden durfte. Pausen schaden sowieso
nicht. Aber zurück zur Besprechung.

Der Lockvogel

Wie findet man das Gewünschte? Kollegial teilte
man mir mit, der Weg ist das Ziel. Das verstehe mal
einer in dieser Lage. Aber warten wir's ab. Auf der
einen Seite ist da die sogenannte upper class und
auf der anderen die Gangsterszene. Die Gangsters,
man gebe es zu, haben so ihren gewissen Reiz. Aber
dabei blieb es. Würde es hart auf hart kommen, wären wir ihnen nicht gewachsen. Leichtsinnige Risiken einzugehen wäre mehr als nur saudumm. So
war klar wo wir unser Unternehmen starten müssen.
Das hübscheste Mädel musste in den sauren Apfel
beissen und als Lockvogel herhalten. Passende
Abendkleidung, Haare-stylen, Make Up und Nagel-
lack wurde ausgesucht. Das Schlimmste; die Schuhe besser gesagt die Suche nach diesen. Das arme
Mädel musste sich immer wieder umziehen. Kleine

Schweissperlen rannen ihr über's Gesicht und den Nacken hinunter. Der erste Eindruck, der macht's. Wichtig war auch, dass man nicht auf die Idee kam, sie sei eine Hostess in Liebesdingen. Zur Sicherheit bestimmten wir noch eine Zweitbesetzung. Sie musste dieselbe Prozedur über sich ergehen lassen. Jeder Mensch hat so seine Vorzüge und die gilt es hervorzuheben. Einiges konnten wir für die Zweitbesetzung eins zu eins übernehmen aber sehr vieles nicht.

Unser Geldvorrat gab uns Anlass zur Sorge. Der Pegel war bedenklich gesunken und in diesem Moment schaffte es der kleine Mann mich ins Staunen zu versetzen. Unterstützte er doch tatsächlich, mit einer beträchtlichen Summe, unser Vorhaben. Erstaunt war ich nicht über seinen guten Willen, nein aber über die Höhe des Betrages. Wieso besass er soviel Geld. Er mein Gatte! Seine Beichte war, er habe es heimlich gebunkert. Na toll, ich musste knausern wo ich nur konnte und ackerte mir dazu einen ab und das alles nur damit wir, er und ich, einigermassen über die Runden kamen. Jetzt das, er war in der Lage gewesen Geld beiseite zu schaffen und so wie es aussah nicht wenig. Und dann nahm der mir noch den ganzen Wind aus den Segeln denn bevor ich mich auf ihn stürzen konnte, gestand er wie mies er sich jetzt deswegen fühle und er hätte einfach nie richtig darüber nachgedacht. Etwas würgen hätte ich ihn schon mögen.

Ja, ja kommt mir nur ja nicht damit, dass er jetzt alles gebeichtet hatte und auch noch mit dem Geld rausrückt. So was tut nämlich richtig weh. Das schluckt man nicht einfach so runter. Den Mädels zu liebe unterliess ich es ihn zur Schnecke zu machen. Das konnte warten. Pluspunkt für ihn, die beigesteuerte Summe war wirklich beachtlich.

Es zeigte sich immer mehr, dass die auserwählten Girls die Idealbesetzungen für das Unternemen waren. Eine gesunde Portion Sex (nicht billigen), gepaart mit Charme und diese Beine. Lange wohlgeformte. Diese liessen mich immer wieder neidisch werden. Nicht auf die boshafte Art aber diese Beine einfach nur der Hammer. Bewusst verzichteten wir auf Abhörgeräte. Zu gefährlich aber wir erfanden eine Notfall-Zeichensprache. Sich auf alle erdenklichen Arten absichern ist nützlich und wie. Wir hatten Codewörter fürs Telefonieren und Signale die wir aus der Ferne geben können. Notfälle immer einplanen, sagt meine Mama auch immer.

Mir drehte sich alles. Wie um Himmels Willen lernen wir die passende Person kennen. Ein neues Terrain - keine von uns war in dieser Hinsicht ein Profi. Im Gegenteil, wir alle sind schüchtern. Was menschliche Beziehungen betrifft sind wir praktisch jede von uns von der ruhigen man könnte es schon beinahe verklemmten Art. Nun wurde uns klar an was wir gezwungen waren zu arbeiten. Coolness üben, ich glaube korrekt heisst es smart sein. Zeigen, wir wissen wie der Hase läuft und was wir wollen. Unmassen von Geld machen ist doch klar. Zwischenzeitlich widmeten wir uns dem Thema Herrenanzug. Unser Kleine erhielt einen echt tollen Anzug. Eines der Mädel bewies immer mehr Fingerfertigkeit im Nähen von den kleinen Kleidern. Detailgetreu fertigte sie ihm Hose, Hemd, Weste, Jacket und Krawatte an.

Ohne einen Grössenbeweis sah man nicht wie klein er in Wirklichkeit ist. Auf den Polas sah er umwerfend chic aus. Und es schien als erfülle dies ihn mit Stolz.

Die Suche nach Schuhen für ihn, zu Beginn erneut eine Tortour. Puppenschuhe für Ken und Barbie gibt es en masse aber diese sind nicht brauchbar. Alles nur fürs Auge. Aber von so etwas lässt man sich ja nicht aufhalten. Die geniale Lösung, schwarze Leder-Mokassins. Etwas knifflig zu nähen doch am Ende war er im Besitz eines Paars bequemer, einigermassen eleganter Schuhe.

Jedesmal wenn wir die Wohnung verliessen fühlte es sich an wie ein Spiessrutenlauf. Bedacht darauf, dass keine Nachbarn uns sahen, schlichen wir wie gesuchte Verbrecherinnen ins Freie. In der Öffentlichkeit passten wir auf, ungewollte Aufeinandertreffen möglichst zu vermeiden. Sogar auf unseren Müll warfen wir ein Auge. Vergebens wie sich in ferner Zukunft herausstellen sollte. Es durfte nichts Verräterisches dabei sein schliesslich wohnten lediglich zwei Personen in der Wohnung. Trotzdem blieb uns das Lebensmittel-Einkaufen nicht erspart. Endlich zurück von einem dieser Trips, erschöpft und Ruhe bedürftig, erreichten wir unsere Strasse. Essen und Trinken vor dem geistigen Auge und da stand sie, das grösste Waschweib unserer Strasse. Bitte nicht zu verwechseln mit Madame besonders neugierig. Wir beobachteten aus sicherer Entfernung wie sie um unseren Wohnblock schlich zurück kam und auf unsere Wohnung starrte. Es sich plötzlich wieder anders überlegte um sich dann langsam wegzubewegen. Dermassen fixiert fiel ihr nicht auf, dass wir um sie herum huschten. Keinen Laut gaben wir von uns obwohl wir kaum das Lachen unterdrücken konnten. Die kehrte um, Mist direkt auf unsere Haustüre zu. So schaffen wir's nie. Es gab nur eine Lösung - Ablenkung. Aufrecht tippelte eines der Mädels auf sie zu, nahm sie am Arm und zog sie langsam aber bestimmt in die andere Richtung währenddessen sie unaufhörlich auf das Waschweib einredete. Nein, haben sie das schon von der und der gehört. Wissen sie auch was dem und dem geschehen ist. Und dann der grosse Unfall am Nachmittag auf der Autobahn unfassbar. Oh, war sie gut. Das liebe Weib liess sich problemlos um den Finger wickeln und sie entfernten sich immer weiter weg vom Block. Das gesprächige Waschweib konnte diesem Ansturm nichts entgegensetzen. Widerwillig liess sie sich von unserem Mädel immer weiter weg bringen. Nicht das kleinste Wörtchen war sie in der Lage einzubringen. Endlich hatten sie genug Distanz: Sie konnten uns nicht mehr sehen und so flüchteten wir in Windeseile in die Wohnung. Eine gute Viertelstunde später erschien auch unser Mädel, total erschöpft. So viel geschwindelt und erfundene Geschichten hätte sie noch nie erzählt und noch dazu in so kurzer Zeit. Bis das blöde Frauenzimmer all die Infos sortiert hatte, war sie bestimmt nicht mehr in der Lage, abzuwägen was wahr oder unwahr ist. Fragen hatte sie keine stellen können dafür hatte unser Mädel gesorgt. Ich kann dieses Waschweib nicht ausstehen. Diese Spezies von Mensch ist mir ein Gräuel. Immer bereit an vorderster Front über andere herzuziehen. Dabei spielt die Wahrheit eine sekundäre Rolle. Hauptsache, dass man über Menschen so richtig herziehen kann. Mobbing in seiner reinsten Form. Sie liess es sich nie nehmen möglichst dreckige Wahrheiten vom

Stapel zu lassen. Solche Menschen bringen unschuldige Gemüter dazu sich in Verzweiflung, Depressionen zu stürzen. Auch sind sie eifrige Nutzer des Internets. Eine üble Seite der Technik und einfach nur grausam. Solche Menschen setzen sich gedankenlos, rücksichtslos an ihre Laptops um dort schamlos über Menschen herzuziehen. Übelkeit steigt bei solchen Gedanken in mir hoch. Viele sind nicht stark genug diesen Hetzereien etwas entgegen zu setzen und manche treibt es sogar in den Tod. Dass wir dieser Nachbarin eins auswischen konnten, war Balsam für uns.

Doch jetzt mussten wir weiterarbeiten, den Zeitplan einhalten. Ohne eine selbst auferlegte Frist, verzettelt man sich. Nach einem Teller wunderbarer spaghetti al sugo di pomodoro* zogen wir ins Wohnzimmer rüber um genau dies zu tun nämlich weiter zu arbeiten. Einige Punkte konnten wir von der To-Do-Liste abhacken. Andere Punkte mussten wir ändern und ein, zwei neue kamen hinzu. Wie wäre es mit einem Probelauf, fragte eines der Girls! Könnte sicher nicht schaden.

Gute Idee, die zwei auserkorenen Mädels sollten einen reichen Mann anmachen. Klappte es problemlos, besassen sie genügend Stärke für unser grosses

---

* Spaghetti an Tomatensosse

Unterfangen. Billige Anmache ist keine Kunst. Ein Flirt mit Stil, sich alle Optionen offen lassen, eine verheissungsvolle Affäre andeuten, benötigt Selbstdisziplin und innere Stärke. Viel Geduld und ein gutes Allgemeinwissen gehören ebenso dazu. Bewusst all dies einzusetzen erfordert Fingerspitzen-Gefühl. Sich vortasten, im richtigen Moment einen Rückzieher andeuten, kann das ausgesuchte Opfer wehrlos machen. Seine Wünsche erahnen bevor er Andeutungen machen kann, löst im Opfer innere Verzückung aus. Am meisten trifft dies alles auf die ruhigen, unscheinbaren Männer zu. Doch aufgepasst, unter dieser Art von Menschen befinden sich auch die Abartigen, die Mörder und Verdrehten. Meist zeigt ein stiller, unscheinbarer Mann viel zu spät wer er ist.

Die zwei machten sich diesmal einen Spass daraus, schöne Kleider überzuziehen, sich zu schminken und eine passende Frisur zu zaubern. Wir restlichen Mädels durften sie als eine Art Bodygards aus sicherer Entfernung begleiten. Möglichst unauffällig verfolgten wir sie in eine der schicken Bars. Mit einem Mobile filmte eine die Geschehnisse. Keine zehn Minuten vergingen und die zwei wurden angesprochen. Sich auf den ersten einzulassen lohnt sich in 99% der Fälle nicht. Gekonnt wurden die Möchtegern-Charmeure abgewimmelt. Doch sie mussten nicht lange warten und die nächsten Kandidaten standen Schlange. Einer der Kavaliere steckte in einem erlesenen Anzug. Seine Armbanduhr nicht von schlechten Eltern. Sein Begleiter schien etwas weniger teuer gekleidet zu sein. Doch für unsere Zwecke perfekte Versuchskaninchen. Alles spielte sich ab wie besprochen und es gab keine Zweifel unsere zwei Mädels wussten was sie taten. Test mehr als nur bestanden. Wir hatten genug gesehen und zogen uns zurück. Hier muss ich nur noch etwas erwähnen. Unsere Zweitbesetzung und der bescheidenere der zwei Herren wurden sehr viel später ein Paar und sind dies heute noch. Später bedeutet nachdem all unsere Probleme gelöst worden waren und wir Nägel mit Köpfen gemacht hatten. Alles hat zwei Seiten. Die Welt ist doch ein verrückter Ort.

Meine Mädels und ich standen vor unserer Neuanschaffung, einem Whiteboard. On-line bestellt, kein Schleppen. Wir standen davor als wäre es ein Murderboard beim FBI. Der kleine Mann lümmelte mal wieder in seiner Hängematte rum.

Alle sahen es, das kurze Aufblitzen gegenüber unserem Wohnblock. Aus einem der dunklen Fenster war's gekommen. Da Licht einer Strassenlaterne hatte sich in irgendwas gespiegelt. Natürlich, war es so. Das andere Weib, Madame Neugier, beobachtete sie uns doch tatsächlich durchs Fernglas. Ich war stink wütend und wie mir schien die anderen ebenso. Ich geb's ja zu, ganz selten, wirklich ganz selten wenn es mir stinklangweilig ist, zu wach um zu schlafen und doch zu müde für einen nächtlichen Kneipengang, spioniere ich ebenfalls etwas in der Nachbarschaft herum. Aber etwa Spektakuläres gab es nie zu sehen. Höchstens langweiligen Nullachtfufzehn-Sex. Zum gähnen, ein kurzer Blick reichte da aus. Doch was die Nachbarin da trieb, war ein anderes Kaliber. Schamlos versuchte sie uns auszukundschaften. Oh, junge Dame so nicht. Wir machten uns sofort ans Werk. Wir taten das was wir bereits einmal bei einem der Mädels zu Hause tun mussten. Einfach alle Rollläden runter oder Vorhänge zu. Dann ging's zum Gegenangriff über. Im PC suchten wir nach passenden Bildern. Passend kann sehr vieles bedeuten. Diese werden dann so gross als möglich geprintet. Damit die Spanner vorerst nichts davon mitkriegen, verdunkelt man am besten die Wohnung. Mit den gut vorbereiteten „Plakaten" werden dann in Windeseile die Fenster verklebt. Alles ist erlaubt ausser man klebt es zu fest an. Immer daran denken, irgendwann wollt ihr sie wieder loswerden die schönen Bilder. Die Motive können von glaubwürdig, ironisch über spöttisch gehen. Einfach zu was man Lust hat. Bei unserer Freundin hatte es perfekt funktioniert. Hat sich ertappt gefühlt! Einige Zeit später kam der Held sich sogar bei ihr entschuldigen. Wie dämlich kann man sein. Wussten wir bis zu dem Zeitpunkt nicht mal wer er war. Ihre Drohung, sie würde die Fremdenpolizei informieren, reichte völlig aus. Ab dann liess er sie völlig in Ruhe.

Was zu tun war wussten wir konnten uns aber einfach nicht über ein Motiv einigen. Es war spät und wir müde. Also beschlossen wir uns am nächsten Morgen damit zu befassen. Am Morgen einigten wir uns dann auf Piratenflaggen, es sah der Hammer aus. Die Fahnen sagten aus unserer Sicht mehr als genug aus.

In dieser Nacht passierte, abgesehen vom Stalking, für mich jedenfalls etwas Unvorstellbares. Die anderen hatten sich zurückgezogen und schliefen bereits. Ich sass vorm Häuschen des kleinen Mannes und wollte ihm eigentlich nur noch eine gute Nacht wünschen als ich bemerkte, dass er etwas auf dem Herzen hatte. Unruhig lief er in seinem Wohnzimmerchen von einer Ecke in die andere. Er müsse mir etwas sagen. Es sei aber sehr, sehr privat. Privater als verheiratet geht doch nicht mehr oder? Nur für unsere Ohren bestimmt. Leicht säuerlich hob ich ihn auf und schleppte „uns" in den Garten in unsere Geheimecke. Er wisse nicht wo er anfangen solle aber ich müsse es wissen. Es sei unheimlich wichtig. Aber zuvor soll ich ihm versprechen, nicht sauer zu werden und dass es 100pro unter uns bleibe. Ich dachte, je schneller ich ihm zustimme und mich still verhalte umso schneller werde ich in mein Bett kommen. Richtig und doch auch falsch. Er setzte sich auf meine Schulter indem er vorher meinen Arm hoch krabbelte und begann dicht vor meinem Ohr zu reden. Besser gesagt zu gestehen. Es stimme, dass er an diesem verhängnisvollen Morgen nicht alleine gewesen sei. Es sei noch sehr früh am Morgen gewesen als er mit dem Chemie-Experiment begonnen hätten. Kurze Zeit später kam sie helfen. Wer zum Kuckuck ist SIE? Er erzähle mir die Kurzversion des Ganzen meinte er. Sehr bald hätten sie gemerkt, dass da was Unheimliches passiere. Er sei derjenige gewesen, der alles zusammen gestellt habe währenddes sie alles peinlichst genau in seinen Laptop eingab. Zuerst seien die Äpfel sehr klein geworden. Eine Handtasche schrumpfte auf Grösse Miniatur und so weiter und so fort. Doch alle diese Sachen seien innerhalb von kurzer Zeit wieder zurück in ihre ursprüngliche Grösse gewachsen. Kurz bevor ich nach Hause gekommen sei, fanden sie, es benötige eine professionellere Einrichtung als die in unserer Küche. Man habe mit Zusammenräumen begonnen. Die Formel auf einen Chip gespeichert und er hätte ihn in der der Küche gut versteckt. Sie hätte nicht gesehen wo er ihn hintat, so doof sei er dann doch nicht gewesen. Sie hätten alles wegräumen können bis auf eine Phiole mit der restlichen Lösung drin und ein paar leeren, als sie plötzlich hörten wie die Haustüre aufgeschlossen wurde. In Panik sei sie durch den Gartensitzplatz abgehauen und er hätte das wirklich Klügste getan was ihm eingefallen sei, er stürzte den Inhalt des Reagenzglases in einem Schluck runter. Er hätte sich schon tausendmal den Kopf darüber zerbrochen wieso er so was Dämliches getan hatte. Es gab keinen Grund dafür. Beim Öffnen der Hautüre hast du dir reichlich Zeit gelassen und so konntest du zusehen wie das Zeug wirkt. Wie ich zu schrumpfen begann und in dieser Grösse endete. Ganz ehrlich so unter uns, mein Bedürfnis noch mehr zu erfahren, zum Beispiel wer sie wirklich war, sank rapide. So wie es aussah, wusste ich erst circa die Hälfte. Die Äpfel und Handtaschen kehrten ja nach kurzer Zeit in ihre ursprüngliche Form zurück. Davon ging er aus nachdem er sich den Rest einverleibt hatte. Auf die Idee der Mensch reagiere anders, kam er keine Sekunde. Das Resultat haben wir nun deutlich vor den Augen. Langsam begriff ich um was es hier ging und wurde unsicher. Drängte ich ihn zu sehr mir zu erzählen wo dieser Chip ist, konnte er das Gefühl bekommen, dass ich vielleicht versuchen würde ihn übers Ohr zu hauen. Was mir wiederum weh tat, da er eigentlich wissen sollte, dass ich dies keineswegs tun würde. Ich fragte mich was wollte er jetzt von mir. Die Formel war zur Zeit sicher versteckt. Würde er nicht in seine ursprüngliche Grösse zurück finden, wäre sie extrem hilfreich. Also, fragte ich ihn geradeaus. Was nun grosser Mann (ich kann's nicht lassen)? Ich muss dem Menschen ins Gesicht sehen können wenn ich Gespräche führe. So griff ich nach ihm und holte die Lupe. Bei unseren täglichen Gute Nacht-Gesprächen hatte ich es mir angewöhnt ihn durch eine solche zu betrachten. Ansonsten ist es sehr anstrengend mit ihm zu reden. Ich sah, dass er geknickt war. Dieser beknackte Vormittag, an dem alles geschah, ging mir langsam aber sicher auf den Keks. Was konnte er mir partout immer noch nicht erzählen. Wieso beichtete er mir nicht endlich die ganze tolle Wahrheit. Hatte ich ihm doch auch in der Zwischenzeit gestanden, dass ich vor hatte ihm genau an diesem Tag zu sagen, dass ich ihn verlassen werde, der Beziehung ein Ende setze. Also, was war da los. Aus der Vergangenheit wusste ich, dass je mehr ich ihn bedrängte umso weniger war er bereit offen zu reden. So schwieg ich abwartend. So was wie grunzen oder hüsteln liess mich wieder aufblicken und damit ich ihn nicht völlig blöd anglotzte, schaute ich über sein Köpfchen auf die Wand. Natürlich liess er sich Zeit, ob er dachte das sei spannend, wer weiss denn schon was so ein Kleiner denkt. „Sie war es die hier war"- gab er leicht stammelnd von sich. Ja, toll wer ist SIE? Wie lange gedachte er so weiter zu machen? „Deine Vorgängerin. Wir arbeiten schon seit ca. zwei Jahren heimlich zusammen." Jetzt stieg mir die Galle hoch. Auf dieses gierige Ding hätte ich in hundert Jahren nicht getippt. Ausgerechnet dieses habgierige hinterlistige Frauenzimmer. In unserer Wohnung und das schon mind. seit zwei Jahren. Jetzt ist er in Lebensgefahr, mutig mutig von ihm in dieser Körpergrösse alles zu gestehen, das muss ihm einer lassen. Aber ich riss mich zusammen. Nur in meiner Fantasie packte ich den Gnom um ihm eins-zwei den Kopf abzureissen. Jetzt hatten wir wirklich ein Problem. Hundert Prozent werden wir diesen weiblichen Gierhals früher oder später an der Backe haben. Das hiess, ich musste es den Mädels erzählen. Niemand mochte meine Vorgängerin. Zugegeben sie ist eine brillante Denk- und Forscherin aber menschlich hatte man ihr nichts mit auf den Weg gegeben ausser einer bedenklichen Menge Gier nach Geld und Anerkennung. Gefährliche Mischung und saublöd für uns alle. Die Lust auf Fortführung dieses Gespräches war mir gehörig vergangen.

Auch sein trauriger Hundeblick änderte meine Meinung nicht. Ich war nur noch müde, ausgelaugt.

Das Ganze sorgte gehörig für Unruhe unter meinen Mädels. Ich war noch weit davon entfernt es zu verdauen. Am meisten machte mich wütend, dass er sich dermassen viel Zeit gelassen hatte uns die Wahrheit zu erzählen. Zugegeben zu mindest noch vor dem grossen Cup aber reichlich spät fiel es ihm ein sie zu erwähnen. Wirklich überrascht, dass eine zweite Frau im Spiel war, bin ich nicht aber wieso ausgerechnet meine Vorgängerin, Frau Gierhals. Natürlich hatte ihm der Mut gefehlt es mir schon vor Monaten zu beichten, dass er mit ihr zusammen arbeitet respektive sie ihm assistiert. Hätte ich um einiges besser verkraftet als so gezwungenermaßen im Nachhinein. Klar war auch, dass er nicht sicher wusste ob sie nicht doch die Möglichkeit gehabt hatte etwas von dem Serum einzupacken und ob sie eine Kopie der Formel hatte. Frau Gierhals vertraute ihm scheinbar total und leider er ihr ebenso. Es konnte daher durchaus sein, dass sie weder das eine noch das andere besass. Sie hatte ihn bis jetzt weder telefonisch noch per e-mail versucht zu erreichen. Dies hingegen liess mich wiederum stutzig werden. Ja, ja wieder einmal hunderte von Fragen aber weit und breit keine Antworten in Sicht. Dass sie ihn nicht kontaktiert hatte hiess, dass sie vorerst abwartend in ihrer Ecke lauert. Kann mir blendet vorstellen wie sie da in der dunklen Ecke hockt um auf die passende Gelegenheit zu warten mir mal wieder eins auszuwischen. Aber wenn ich es mir so richtig überlege, passt dies nicht wirklich zu ihr. Abwarten ist keine ihrer Stärken. Brachial zuzuschlagen (sinnbildlich bitte) ist schon eher ihr Fall. Wir alle kannten uns schon sehr lange. Zum einen wuchsen wir im selben Quartier auf und zum anderen hatten wir alle unsere Schuljahre zusammen verbracht. Die eine oder andere Beziehung brachte uns zeitweise etwas näher. Zusammenschweissen klappt auch mit miesen Beziehungen. Zum grossen Bruch kam es als damals Frau Gierhals sich meinen Noch-nicht-Ehemann krallte. Zu der Zeit schwärmte ich von ihm. Sie wusste, dass ich mich in ihn verliebt hatte und sehnlichst auf ein Zeichen seinerseits wartete. Wie ein Tsunami drängte sie sich dazwischen. Er liess es geschehen und ich zog mich wie ein verletztes Tier zurück um meine Wunden zu lecken. Die Beziehung mit ihr sei sehr intensiv aber nicht wirklich anhaltend gewesen erzählte er mir später.

Da er später nicht aufgab um mich zu werben, heiratete ich ihn dann doch noch. Es waren wirklich gute Jahre, die ersten, aber Seelenverwandte waren wir nicht, nahe dabei. Leider wurde mir dies erst viel später klar. Wieso man trotzdem noch zusammen bleibt auch wenn es nur noch ein „wir leben in der selben Wohnung" ist, weiss ich nur bedingt. Vor allem wir hatten keine Kinder. Eben dass wir keine hatten liess uns zusammenkleben vermute ich. Auch fanden wir einen Weg in Ruhe, mehr oder weniger, die Tage dahingleiten zu lassen. Immer mehr Gründe die mir aufzeigen, dass dies hier eine riesen grosse Chance ist die alles vermag zu ändern. Nach der Aussprache war mein kleiner Mann geknickt oder erleichtert aber vermutlich geht das Hand in Hand bei so einer Beichte.

Schmollen ist auch so eine Eigenschaft die er zwischenzeitlich sehr gut beherrschte. Etwas was ich nicht ausstehen kann. Schon das Wort: schmollen empfinde ich als, sorry, widerlich. Spricht man das Wort laut aus, bekommt man einen Knoten in der Zunge.

Jedenfalls schmollte der kleine Mann am nächsten Tag. Was mich und meine Mädels dazu brachte, ihn zu ignorieren.

Eines liess uns nicht los. Hat Frau Gierhals sich wirklich zurückgezogen? Will sie nicht doch einen Teil des möglichen Gewinnes beanspruchen? Und wieso wagte sich unsere neugierige Nachbarin so weit vor und spioniert uns nachts aus? Richtig betrachtet begann alles zusammen zu passen. Die zwei Damen, Frau Gierhals und Madame Neugier mochten sich schon immer. Bei Kaffee und Kuchen waren sie sicher in der Lage Strategien auszudenken uns auszuspionieren was das Zeug hergab. An dem besagten Vormittag konnte Frau Gierhals ja nicht schnell genug unsere Wohnung verlassen. Anstatt sich der Situation zu stellen und mich zu treffen, rannte sie davon. Das bedeutet, dass sie etwas im Schilde führt denn so kenne ich sie. Ich tippe ganz schwer, dass es sich um meinen Mann dabei dreht und nicht um die Formel. Er ist ihre grosse Liebe. Er hatte damals aus irgendeinem verdrehten Grund die Beziehung beendet. Den wirklichen, hat er mir nie erzählt und ich gebe zu, ich fragte auch nie danach. Für mich galt, er hatte sie verlassen und war in meinen Schoss zurückgekehrt. Wieder zu Vernunft gekommen. So legte ich mir das Ganze zu recht. Verheiratet zu sein spielt für ihn eine grosse Rolle. Kinder spielen dabei keine nur der Umstand gebunden zu sein. Für mich schwer nachzuvollziehen.

Wie findet man heraus was Frau Gierhals wusste. Wir gingen davon aus, dass Gierhals nicht bereit war der Nachbarin Madame Neugier den richtigen Grund zu erzählen. Dumm ist sie nun wirklich nicht. Eines der Mädel schlug vor, überhaupt nichts zu unternehmen. Offiziell hatten wir ja nichts zu verbergen. Wieso sollten wir Schritte unternehmen.

Clever, sie hatte recht. In dem wir uns ruhig verhalten, fordern wir Frau Gierhals heraus. Es galt unsere Augen unbedingt weit offen zu lassen und noch vorsichtiger, umsichtiger sein. Mich persönlich nervte das Ganze mit Frau Gierhals. Privat ausgesprochen: es ging mir gehörig auf den Sack. Wir alle wären sehr gut ohne dieses Theater mit der Frau Gierhals und ihrer Fan-Schar ausgekommen. So wie ich Gierhals einschätze, verlässt sie sich sicher nicht nur auf eine Spionin. Mit Männern kommt sie beziehungsmässig nicht klar aber sie kann sie sehr gut um den Finger wickeln, daher mussten wir damit rechnen, dass sie einen Mann als Lakai an Bord holt. Unvorteilhaft sah sie wirklich nicht aus. Im Gegenteil. Wohlgeformte Beine, schmale Taille einzig ihr Vorbau hätte etwas mehr Volumen gebrauchen können doch ihre vollen Lippen und ihr schönes hellbraunes Haar machten den kleinen Mangel wieder wett. Sie verstand es auch ihre Kleidung ihren Vorzügen perfekt anzupassen. Trotz aller Schönheit ein Gesichtszug störte, wollte nicht so recht ins Bild passen. Diesen besitzen alle gierigen Menschen. Etwas Verkniffenes zeichnet sich um Mund und Augenwinkel ab. Kein Botox ist in der Lage dieses weg zu zaubern. Je älter der Mensch wird um so mehr kennzeichnet der Charakter und das Erlebte das Gesicht. Vor allem Gier gräbt tiefe

Furchen. Doch es half nichts, wir mussten in den sauren Apfel beissen und stillhalten, abwarten.

Belohnt wurden wir bereits am nächsten Morgen mit dem Klingeln an der Haustüre. Madame Spionin-Neugier, in männlicher Begleitung standen draussen vor dem Tore und begehrten Einlass. Unsere Frau Gierhals sendet ihre Gesandten aus. Toll, vor der zweiten Tasse Kaffee, könnte ich problemlos auf solche Überraschungen verzichten aber hier dreht es sich nicht um mein Befinden, hier ging es um mehr. So öffnete ich die Tür und versuchte traurig und verstört zu wirken. Ohne gross deren Morgengruss abzuwarten, bat ich die zwei Clowns doch einzutreten auf eine Tasse schwarzen Kaffee. Freude überzog die Gesichter unserer Besucher und als hätten sie Angst ich könnte meine Meinung noch ändern, stiessen sie meine Wenigkeit zur Seite um in mein Heim regelrecht einzustürmen. Etwas Enttäuschung kam auf als ihnen klar wurde, dass ausser der Küchentüre alle anderen geschlossen waren. Blöde Spione die sofort zeigen was sie denken. In der Küche angekommen, liess ich sie in Ruhe umschauen was sie auch gründlich taten. Die Enttäuschung wollte nicht aus ihren Gesichtern weichen. Ungläubigkeit stand dick und fett auf ihrer Stirn geschrieben als sie bemerkten, dass nichts aber nicht das Kleinste hier in der Küche auf etwas Ungewöhnliches hinwies. Kurz hörte ich ein unterdrücktes Kichern aus dem Wohnzimmer doch es schien als hätten unsere Besucher es in ihrer Aufregung nicht bemerkt. Um sie gänzlich zu verwirren spielte ich die geknickte, einsame Verlassene. Tief bedrückt und des Trostes bedürftig, immer wieder aufstöhnend machte ich die Tassen Kaffee für die beiden bereit. Madame Neugier platze beinahe und konnte nicht mehr länger warten. Wo den mein Mann sei, man hätte ihn schon so lange nicht mehr gesehen. So eine blöde Frage, hat die nichts besseres auf Lager als diese Nullachtfufzehn Ausfragerei? Langsam wendete ich mich den beiden zu und versuchte noch elender und trauriger auszusehen um ihnen dann zu erklären, dass er mich verlassen hätte. So etwas soll man sich mal vorstellen, sei er dieser Hund doch tatsächlich durchgebrannt mit einer anderen Frau. Ich die ihm Jahre meiner Jugend und so viel Liebe geschenkt hatte, mich liesse er einfach so ohne ein persönliches Wort sitzen. Per sms, man solle sich dies bitte einmal verdeutlichen, per sms habe er Schluss gemacht und mir ein Bild von seiner neuen Frau mitgeschickt. Wieso das wissen die Götter. Lange schwarze Haare habe sie und einen Hintern, das müsste doch verboten sein. Lippen wie Angelina Jolie habe sie und dazu noch um einiges jünger. Das alte Lied - Alte wird gegen Junge eingetauscht. Völlig verdutzt und total überrumpelt glotzen die zwei mich mit weit aufgerissenen Augen an. Achtung, Glubschauge es fällt noch eins raus. Aber wann und wo er sie denn kennengelernt hätte wollte die Dame wissen. Wieso stellte Madame Neugier ausgerechnet diese Frage zuerst? Komisch und befremdlich. Besser gesagt, natürlich konnte ich mir in etwa vorstellen wieso sie es wissen wollte. Ich hätte zuerst einmal die betroffene, allein gelassene Person getröstet. Die kamen keine Sekunde auf die Idee, es könne mir total verschissen gehen, nein da war einiges anderes viel interessanter. Doch so schnell wollte ich die beiden nicht vom Hacken lassen. Schluchzend, stöhnend redete ich in einem fort. Undeutliche Worte von mir gebend, erzählte ich wann und wie es passiert ist. Zwischendurch schnäuzte ich immer wieder lautstark meine Nase und brabbelte vor mich her. So nun Basta aus fertig genug, doch ich wollte vorher noch unbedingt eine Weisheit von mir geben. Es sei nun jetzt mal so und ich müsse jetzt unbedingt alleine sein und mich ausruhen. Ich könne keine Gesellschaft mehr ertragen. Damit packte ich den blöde starrenden Mann am Arm, schob ihn in Richtung Haustüre und damit auch sie begriff wie sehr ich alleine sein wollte, erging es ihr keinen Deut besser. Ich schob und stiess von hinten um die Haustüre schnellst möglichst hinter ihnen zu schliessen. Um denen wirklich klar zu machen wie sehr es mich getroffen hatte, blieb ich hinter der geschlossenen Haustüre stehen und gab noch einige erbarmungswürdige Schluchzer lautstark von mir. Ob dieser Mann auch reden konnte wissen die Götter auch wieso sie ihn mitnahm. Ausser dumm aus der Wäsche zu gucken tat er nix.

Mein Gott die Gesichter meiner Mädels waren Gold wert. Komplett rot vom unterdrückten Japsen schnappten sie wie Fische auf dem Trockenen nach Luft. „An dir ist wirklich eine Schauspielerin verloren gegangen. Man glaubt es kaum" fanden sie zwischen einem breiten Grinsen und dem Luft holen. So was schafft einem als sei man in einem Theaterstück aufgetreten. Erschöpft hob ich einen Finger zum Mund, pssst wir sollten noch etwas aufpassen bis wir sicher sind, dass sich das Spionage-Duo entfernt hatte.

Die waren in der Zwischenzeit auf der Strasse draussen angekommen und total überrumpelt schauten sie sehnsüchtig in Richtung unserer Wohnung. Wir sahen noch kurz zu wie sie mit Armen und Beinen fuchtelnd diskutieren. Gespannt warteten die Girls auf meine Erklärung wieso ich so eine Geschichte erfunden hatte und eine Dritte, die schöne Unbekannte, ins Spiel gebracht hatte. Ich denke nur eines der Mädel konnte sich vorstellen, was der

Zweck der Übung war. Es galt meinerseits eine alte Rechnung zu begleichen, die da hiess Frau Gierhals eins ans Bein zu pinkeln.

In dem Moment als ich den Kaffee für Duo Spion eingoss, erinnerte ich mich an eine Eifersucht-Szene die Frau Gierhals, die Auftraggeberin des Duos Spion, dem kleinen Mann (damals grossen und noch ihr Freund) auf's Parkett legte nur weil der gute kleine Mann nicht zuerst sie begrüsste sondern ein anderes Girl. Er, nein er hatte sich dabei absolut nichts gedacht. Doch sie empfand es als monströs sie so zu behandeln, das vor den anderen. So bekam er sein Fett weg in dem sie ihn vor allen beschimpfte. Devot zog er seinen Kopf ein um sein Häschen zu besänftigen. Und bis heute hat sie die Eifersucht nicht im Griff und so erfand ich eine neue Frau. Auch wusste ich, dass sie Frauen mit langen schwarzen Haaren nicht ausstehen kann. Die liebe vermeintliche Konkurrenz. Und das Sahnehäubchen; das von mir erfundene Mädchen war um einiges jünger als sie und ich. Ich hoffte, die Wut und Eifersucht würde sie aus der Reserve locken und sie dazu bringen hier aufzutauchen ohne ihre Entourage, ihre dilettantischen Spione. Die wollte einfach unbedingt wissen wo mein Mann zur Zeit ist.

Meine Mädels fanden meine schnelle Reaktion bewundernswert und eine wirklich gute Idee. In der

Zwischenzeit hatten sie sich online über möglichst viele Tageszeitungen hergemacht. So wie es aussah hatten sie eine Möglichkeit gefunden wie man einen reichen Mann kennenlernen könnte ohne sofort als Callgirl oder Sugarbaby dazustehen. Wir wussten zwar, dass auch bei solchen Veranstaltungen nur geladene Gäste Eintritt erhielten aber unserer Fantasie sind doch keine Grenzen gesetzt. So jedenfalls legten wir uns das Ganze zurecht und wir sollten nicht falsch liegen.

Demnächst wurden an einer Gemälde-Auktion sehr teure Bilder angeboten. Wirkliche Raritäten konnten keine darunter sein da die Auktion in einer der üblichen Tageszeitungen erwähnt worden war. Doch wir mussten irgendwo beginnen. Unser kleine Mann schaute traurig in die Runde und gab uns zu verstehen, dass er das Ganze mal wieder so was von satt hätte und wann denn endlich er wieder wachsen würde. Wie sich in der Zukunft herausstellte sollte, hatte er kurzum zu viel von der Formel getrunken und dies nur aus einem Grund, dass ich nichts mitkriegte. Alles hat zwei Seiten, wirklich alles. Wir nahmen uns seiner trotzdem an und beruhigten ihn. Zur Ablenkung erzählte ich ihm bis ins kleinste Detail die Story mit den zwei Spionen von Frau Gierhals. Immerhin konnte ich ein Lächeln auf sein Gesicht zaubern und eines der Mädel liess es sich nicht nehmen und brachte ihm eine Portion seines Lieblingseises, Schokolade. Wie schnell die Welt doch wieder in Ordnung zu bringen ist. Zwei Eiskugeln in einem silbernen Fingerhut und der Himmel lockt. Der Fingerhut hatte einer meiner Tanten gehört. Sie war Hutmacherin und besass Unmengen davon. Einige sind mit wunderschönen Ornamenten verziert und aus Silber, Prachtstücke.

Den restlichen Vormittag verbrachten wir damit mehr über die Auktion und deren geladenen V.I.P's heraus zu finden. Ich muss es immer wieder sagen, Internet sei Dank. Wir erhielten einiges an Informationen betr. der letzten Auktion und gingen davon aus, dass diese hier nicht unbedingt anders verlaufen werde. Dann war Kochen, Essen und Kaffee angesagt und um den Kopf etwas frei zu kriegen fanden wir ein Spaziergang könne nicht schaden. Eines konnten wir uns in den entferntesten Träumen nicht vorstellen, dass noch andere an uns Interesse hatten und uns nicht aus den Augen liessen. Bis zu diesem Zeitpunkt gingen wir davon aus, dass Frau Gierhals unsere einzige beinah Stalkerin ist respektive eine die unbedingt die Wahrheit herausfinden will. Uns Schaden zuzufügen wollte sie im Grunde genommen nicht. Etwas anderes Ungewöhnliches fiel uns nicht auf. Keine Anzeichen es könnten andere Personen an uns Interesse zeigen. Wie konnten wir uns nur so täuschen. Wieso hatten wir nichts bemerkt. Meine immer wieder kurz aufflammenden unguten Gefühle redete ich mir weg, ist einfacher. Da es ja eh nicht unbedingt eine alltägliche Situation ist.

Viel reden mochten wir im Moment nicht mehr. Also, raus aus der Wohnung. Beim Försterhaus gab's eine Pause und dann kehrten wir um. Wir waren noch nicht ganz Daheim angekommen, hörten wir sie schon von Weitem, Frau Gierhals. Wieso sind manche Menschen nur so verdammt aufdringlich. Sie schrie in ihr Mobile und machte irgendeinen zur Schnecke. Es schien als wolle sie uns einen Besuch abstatten. Für sie gab es sonst keine Gründe sich hier in dieser Gegend aufzuhalten und lauthals zu telefonieren. Was nun, natürlich uns trennen. Den kleinen Mann übergab ich möglichst unauffällig einem der Mädels. Diese machten sich auf Umwegen via Hintereingang in die Wohnung um sich dort im Wohnzimmer zu verschanzen. Wir vereinbarten, dass sie etwa 10 Minuten Zeit zur Verfügung haben, es sich im Wohnzimmer gemütlich zu machen, die Türe hinter sich fest zu schliessen. Geduldig wartete ich hinter einer Hausecke. Frau Gierhals gut im Blick. Praktisch, sie liess sich mit dem telefonischen Zusammenschiss Zeit. Wie die Mädels mir später erzählten, versorgten sie sich mit Getränken und Popcorn wie fürs Kino. Ohne wäre das Kommende nichts gewesen. Gierhals redete und redete und liess ihrer Wut immer noch freien Lauf. Ich meinerseits fand sie soll möglichst viel noch raus lassen damit sie bereits etwas müde für unser Zusammentreffen ist. So verstrichen weitere unendliche Minuten. Endlich sie hatte genug. Wütend knallte sie ihr Mobile in die Handtasche und stampfte los. Ich gab Gas um sie unbedingt einzuholen was glücklicherweise klappte.

Frau Gierhals: „Zu Dir wollte ich soeben. Was machst Du hier auf der Strasse? Ist Dein Mann auch da?" schnauzte sie mir ohne eine Begrüssung entgegen.

Ich: „So mal halb lang hier. Willst Du nicht reinkommen?" bat ich sie zuckersüss. Natürlich wollte sie dies, noch so gerne und als wäre es ihr Zuhause, stiess sie mich grob beiseite (auch nix Neues) und machte sich auf den Weg ins Haus. Hinter einer Gardine sah ich wie die Mädels rausschauten und wenn mich nicht alles täuscht, sich amüsieren. Toll und ich hatte die Kratzbürste an der Backe und musste zu alledem noch heraus finden was sie wirklich wusste und was sie schon wieder wollte.

Im Hausflur vor meiner Haustüre musste ich ihr klar machen wer hier einen Hausschlüssel besass und wer nicht. Zähneknirschend machte sie mir

Platz. Ich liess mir beim Öffnen Zeit um unbedingt vor ihr die Diele zu betreten. Mühevoll aber es gelang und um nicht unhöflich zu wirken, fragte ich sie, ob ich ihr aus dem Mantel helfen dürfe. Wie bei einem Boxkampf versuchte sie sich an mir vorbei zu quetschen, ihr Ziel war das Wohnzimmer. Geschlossene Türen wirken auf sie wie Honig auf Bären. Doch ich blieb standhaft und zwang sie in die Küche. Mürrisch setzte sie sich an den Küchentisch in ihrem dicken Mantel und ich schloss die Küchentüre.

Ich: „Darf ich dir einen Kaffee oder Tee anbieten?"

Frau Gierhals: „Mach was du nicht lassen kannst und nun möchte ich endlich wissen was hier wirklich los ist und bei wem dein Mann steckt. Ist eure Ehe endlich beendet? Hat er sich tatsächlich einer anderen zugewendet?"

Das Grinsen auf ihrem Gesicht liess sie so richtig hässlich erscheinen. Mir schoss der Gedanke durch den Kopf, dass wenn sie wirklich davon ausging, dass er eine Neue habe, sie vermutlich nicht mitgekriegt hatte, dass er nicht eine neue Frau sondern eine neue Körpergrösse hat. Jetzt wurde es heikel. Aus einem TV-Krimi hatte ich aufgeschnappt, wenn man was erfahren möchte, immer Gegenfragen stellen und das versuchte ich nun.

Ich: „ Hast du ihn jemals mit einer anderen gesehen oder kam dir irgendein Gerücht zu Ohren? Ich habe in den letzten Monaten sehr viel gearbeitet und kam meist eher spät als früh heim. Einmal habe ich benutzte Kaffeetassen gefunden (stimmt sogar, nämlich an dem schicksalshaften Tag) und an einer davon war Lippenstift. So viel ich weiss benutzt er keinen."

Frau Gierhals: „Benimm dich nicht dümmer als du bist. Welche Farbe hatte der Lippenstift und hast du Parfum gerochen oder... War da sonst gar nichts. Keine anderen Indizien?"

Wieso musste sie eigentlich immer so schreien. Einen Vorteil hatte ihre Schreierei. Die Mädels und der kleine Mann im Wohnzimmer kriegten jedes ihrer Worte mit was mir später viel Erzählen ersparte.

Ich: „Nein, wieso Parfum und wieso denkst Du es sei etwas passiert. Was meinst Du damit. Weisst du etwas was ich wissen sollte? Was ist hier los." Erneut legte ich wieder ein weinerliches Gesicht auf um die Verlassene zu spielen. Denk an was Trauriges sagte ich mir und schon stiegen Tränen in mir hoch. Das liess sie in ihrer aufkommenden Wut stoppen. Ihr Blick ein einziges Fragezeichen. Man konnte förmlich sehen wie es in ihrem Hirn arbeitete.

Ich: „Ich habe nur einmal einen zerknüllten Zettel in seiner Jackentasche gefunden (eine Tankquittung). Habe dann versucht in zu glätten aber chancenlos. Und einmal fiel mir auf, dass er plötzlich viel mehr Kaffee trank als üblich - alles Bla Bla -. Aber wir hatten in letzter Zeit beide sehr viel um die Ohren und so kümmerte ich mich nicht weiter darum. Er ist manchmal enorm schwierig wenn er das Gefühl hat, er sei einer Jahrhundertlösung auf der Spur." Langsam ging ich ihr auf die Nerven, wie man deutlich erkennen konnte. Ich muss sie los werden. So wie es aussah wusste sie nichts. Hätte sie mitgekriegt was mit meinem Noch-Ehemann passiert war und wäre ihr die Formel in die Hände gekommen, wäre dieses Gespräch hundertprozentig anders verlaufen oder hätte erst gar nicht stattgefunden. Immer mehr Gründe sie jetzt los zu werden. Doch sie durfte keinen Verdacht schöpfen und so fand ich, dass es an der Zeit für ein Geständnis ist. Schluchzend begann ich zu beichten.
Ich: „Weisst Du (Pause) ich glaube er hat eine Affäre und das schon länger (Pause und schluchz, schluchz). Ich wollte es einfach nicht wahrhaben. Eine Kollegin erzählte mir, dass sie ihn mit einer anderen etwas jüngeren Frau auf der Strasse gesehen habe (stimmt mit einer alten Arbeitskollegin). Sie erzählte auch etwas von sehr dunklem, langem

Haar. Verlassen hat er mich per sms. Schluss gemacht und das nach all diesen Jahren!"
Frau Gierhals schaute nur noch verdutzt aus der Wäsche. Deutlich sah ich, dass sie einiges zum runterschlucken hatte. Wortlos stand sie auf, schob mich bei Seite, wie immer, und ging von dannen wie man so schön sagt. Ich wiederum liess noch einige Schluchzer vom Stapel und vergewisserte mich, dass sie auch wirklich das Haus verlassen hatte. Das hatte sie. Leider aber stand sie jetzt vor dem Haus und schnappte nach Luft. Wieso hatte sie auch ihren Mantel nicht ausgezogen als ich es ihr anbot. Deutlich hatte ich die kleinen Schweissperlen auf ihrer Stirn gesehen als sie aus der Wohnung stampfte. Ohne Mantel hätte sie meine News auch besser ertragen. So etwas weiss man doch. Sie lief noch ein, zweimal hin und her, schaute noch einmal prüfend zu mir rüber um dann endlich zu gehen. Erleichtert gab ich den Mädels zu verstehen, Feind ausser Sicht. Zur Sicherheit warteten wir noch weitere fünf Minuten bevor die Mädels sich regen durften. Ein Sicherheitsgang zum Briefkasten draussen war auch nicht verkehrt. Die wäre im Stande sich ums Haus herum zu verstecken um weiter zu spionieren. Ein erneutes Gespräch mit dem kleinen Mann war angesagt. Ich bat ihn nochmal in sich zu gehen um sich zu fragen ob er uns wirklich alle

wichtigen Punkte erzählt hatte. Er solle es sich gut durch den Kopf gehen lassen. Schliesslich und endlich hatten wir die Frau Gierhals am Hals und die lässt sich nicht einfach abkratzen. Betrübt, unsicher was auch immer sucht Euch etwas aus, schaute er mich an und schwieg. Schwieg einfach.

Mein Durst musste gestillt werden und ein Toilettengang drängte sich auf. Dann setzte ich mich nach draussen in den Gartensitzplatz und erlaubte mir eine Zigarette*. Mein Schädel brummte und ich wusste, dass wir unser Vorhaben vorantreiben mussten. Frau Gierhals machte mich nervös. Natürlich gab es noch die Möglichkeit, dass sie aufgab und mich resp. uns einfach in Ruhe liess. Schliesslich und endlich hatte man ihn an der Seite einer mysteriösen Dunkelhaarigen gesehen. Sie könnte doch ihre Zeit dahingehend investieren heraus zu finden wer die Schöne sein könnte. Das wäre so toll!

Die Mädels hatten in der Zwischenzeit einen provisorischen Ablauf erstellt. Pläne davon kann es nie genug geben. Habe ich bei der Arbeit gelernt. Da gingen die soweit, dass man zuerst eine Besprechung abhielt ob man einen Plan brauche und welches Thema denn einen benötige. Soweit so gut. Natürlich schritt man aber deswegen immer noch

---

* Rauchen schadet der Gesundheit

nicht zur Tat. Nein, eine nächste Besprechung musste abgehalten werden mit Inhalt: wer müsse teilnehmen an der Erstellung eines Planes und ob nicht doch einige Dinge neu dazu geplant werden könnten. Dies wiederum liess sie wieder von Neuem beginnen da sich nun der Inhalt geändert hatte und somit noch keine Traktanden dabei herausgekommen waren. Alles begann daher wieder von vorne und in der Zwischenzeit war weder das eine noch das andere entschieden geschweige denn abgesegnet worden. So konnte manchmal bis zu einem Jahr vergehen und Mitarbeiter die Entscheidungen dringend nötig hatten waren so was von verzweifelt. Protokollieren war daher für uns unteres Geschwader ein Trauerspiel und harte Tatsache. Wieso Tatsache, ganz einfach nun lag ein schriftlicher Beweis vor, dass es nicht im Geringsten vorwärts ging. Das Schlimmste ist, ich lüge keine Sekunde. Habe ich einige Jahre mitansehen müssen. Auch unser Plan hatte noch Ecken und Kanten aber wir wären nicht wir wenn nicht genau dies uns anspornen würde.

Etwas zu Essen stand bereit und ich erzählte meinen Girls und Männlein noch die eine oder andere Einzelheit die sie trotzt der unglaublichen Lautstärke von Frau Gierhals nicht hatten hören können. In einem waren wir uns einig. Wirklich viel konnte die

Frau Gierhals nicht wissen. Sie hätte sonst andere Geschütze aufgefahren. Auf eine Seite war's beruhigend auf die andere konnten wir uns sehr gut vorstellen, dass genau dieses Nichtwissen sie dazu anspornte nicht locker zu lassen. Meine Hoffnung sie würde sich der dunkelhaarigen Unbekannten zu wenden zerfloss wie Eis im Sommer. Die alten Schulfotos des kleinen Mannes mussten her. So wie ich ihn kannte, waren sie sicherlich feinsäuberlich archiviert. Wieso die alten Schulfotos, ganz einfach. Es würde sich sicherlich eine alte Verehrerin darauf finden lassen. Er hatte mir einmal von einer Schulkameradin erzählt, die zurück in ihr südamerikanisches Heimatland gezogen sei. So wie ich die Sache in Erinnerung hatte, waren die langen schwarzen Haare und die schmale Taille markante Merkmale von ihr. Auch wusste ich, dass sie eine kurze Zeit ein Auge auf meinen kleinen Mann (damals grossen) geworfen hatte. Auf der Rückseite der Fotos hatten sämtliche Schüler unterschrieben. Nun wussten wir auch wie sie hiess. Oh, du mein Internet was würden wir heute nur ohne dieses tun. Dort fanden wir heraus, dass sie wirklich mit ihrer ganzen Familie das Land verlassen hatte um in ihrer Heimat etwas aufzubauen. Und so kam sie ins Spiel. Später dachte ich einige Male, dass wir resp. ich mir alles selbst eingebrockt hatte indem ich genau sie auslas.

Wegen ihr rieb er mir immer wieder unter die Nase was für tolle Frauen doch auf ihn stünden. Aber ich habe diese Frau doch bloss erfunden.

Und wie die Herren der Schöpfung so sind, war er stolz wie ein Gogel, dass eine so schöne Frau auf ihn stand. Obwohl ich sie nur fiktiv mit ins Boot genommen hatte. Die schöne Südamerikanerin war damals sehr begehrt gewesen. Aber auch in der Schule hatte sich nichts mit dem rassigen Mädel abgespielt das war ihm egal. Er meinte nur lakonisch, man weiss nie vielleicht kommt's noch dazu.

Nachdem Essen machten wir uns über den provisorischen Plan her. Erfreut konnte ich feststellen, dass er einfach, simpel durchführbar war. Der Status provisorisch fällt weg und wird in den Stand definitiv erhoben, der Plan natürlich.

Der Plan

Unser auserwähltes Girl würde sich am Tage der Auktion in Schale schmeissen. Dann einiges zu früh vor dem Haus wo die Auktion stattfindet herum stehen und den Anschein geben, als hätte man sie sitzen gelassen. Wir hofften ein passender Kandidat würde sie ansprechen. Ziel der Sache war, dass dieser sie mitnähme und sich vielleicht sogar ein unterhaltsamer Abend daraus entwickelte. Sehr wichtig, wir durften nicht gesehen werden beim Verlassen unserer Wohnung. Man denke da an Frau Gierhals, Madame Neugier oder evtl. andere, neue Spione die von Frau Gierhals angeheuert worden waren. Ebenfalls wichtig, sie musste es schaffen den Kandidaten dazu zu bewegen sie wiedersehen zu wollen. Viele Chancen gibt es nicht. Wir besprachen noch einige Details und einigten uns beim einfachen, klaren Ablauf zu bleiben.

Dann war's genug für heute und wir beschlossen uns eine Gutnacht-Zigarette* zu gönnen. Wir hatten es uns kaum richtig gemütlich gemacht als wir ein seltsames Geräusch neben dem Gartenzaun hörten. Clever wie wie waren, hatten wir ja zu Beginn des Ganzen vereinbart, draussen nie über DIE Sache zu reden. Den kleinen Mann zu sehen war auch nicht möglich ausser man wäre ein schwebender Geist. So redeten wir weiter lauter belangloses Zeug während eines der Girls in Richtung des ächzenden Geräusches schlich. Immer bedacht darauf nicht gesehen zu werden. Siehe da, wer hing halb im Gartenzaun, Frau Gierhals. Mein lieber Schwan nimmt

---

* Rauchen schadet der Gesundheit

denn das kein Ende. Himmel, A….. und Zwirn. Geistesgegenwärtig begannen wir über die dunkelhaarige Frau zu motzen. Wie ungerecht es doch sei, nach all den Jahren sich wieder an ihn ranzumachen. Was hatte sie denn überhaupt hier im Lande zu suchen und wieso hatte sie sich ausgerecht ihn ausgesucht. Ich stotterte weinerlich vor mich her und fand wie ungerecht die Welt und im besonderen mein Noch-Ehemann doch sei. Mit was hätte ich das alles verdient. Wenn ich die nur in die Finger kriegen könnte. So ging das weiter, sicher beinahe ganze zehn Minuten. Ich zerfloss vor Selbstmitleid. Wie überglücklich ich doch sei meine lieben Mädels zu haben. All das gaben wir von uns währendes Frau Gierhals immer noch eingeklemmt im Gartenzaun hing. Wie in Zeitlupe begannen wir den kleinen Gartentisch aufzuräumen und wollten hinein ins kuschlige Warme, als wir einen lauten Knall vernahmen. Noch bevor wir's sehen konnten, wussten wir was geschehen war. Frau Gierhals hatte sich noch weiter nach vorne gebeugt, vermutlich im guten Glauben noch mehr hören/sehen zu können und vergass dabei sich besser zu abzustützen und schon machte es knack und platt lag sie mit ihrem Gesicht auf dem Boden. Ihr Füsse eingeklemmt zwischen den Drähten. Den Hag halb niedergedrückt, unmöglich sich wieder aufzurichten. Wie ein Fisch im

Netz zappelte sie gefangen in meiner Hecke. Ich, ich hätte sie so gerne dort liegen lassen aber was tut man nicht alles für den Frieden. Natürlich zuerst ein Foto knipsen - man nie wissen können! Auch waren wir auf ihre Ausrede gespannt. Es ist ja doch nie so wie es aussieht. Wir erlösten sie aus ihrer misslichen Lage und ich bat sie reinzukommen. Dieser etwas leider unbedachte Vorschlag von mir schien ihr gut zu tun so wie es aussah. Sie lächelte kurz und meinte, sie sei froh, wenn sie sich frisch machen und ihren Mantel reinigen könne. Sie kann tatsächlich lächeln, das gibt einem Mut zur Hoffnung für die Welt oder? Den kleinen Mann hatte ich total vergessen, ich musste mir etwas einfallen lassen und Zeit schinden damit eines der Mädel ihn in sein Versteck bringen konnte. So meinte ich, dass es einfacher sei, wenn wir den Vordereingang benützen würden. Nicht den Weg durch's feuchte Gras und nasser Erde laufen sollten. Noch bevor sie etwas erwidern konnte, packte ich sie am Ellbogen und schob sie in Richtung Vordereingang. Währenddessen eines der Mädels unauffällig den kleinen Mann verstecken konnte. In der Wohnung bat ich sie in die Küche da wir dort ihren Mantel besser abbürsten könnten. Etwas enttäuscht, dass sie es wieder einmal nicht bis ins Wohnzimmer geschafft hatte, zog sie ihren Mantel aus. Darunter war sie schick gekleidet als sei sie teuer Abendessen gewesen. Na, das bedurfte ja einer echt tollen Erklärung. Wieso jemand, so gekleidet, nachts zwischen 23:00-24:00 Uhr in fremden Gartenzäunen hängt. Die Antwort wussten wir alle aber auf die Ausflüchte waren wir doch sehr gespannt. Aber was sie dann hervorbrachte auf das war ich dann doch nicht vorbereitet.

Frau Gierhals: „Hören wir auf mit der Scharade. Wir alle wissen was passiert ist. Gib es zu und wir können das hier beenden."

Was meinte sie bloss, für mich klang es als rede sie von etwas ganz anderem.

Ich: „Sag, mal was genau willst Du damit sagen. Wir wissen alle was passiert ist. Du denkst nicht etwa, dass ich ihm etwas angetan hätte?"

Frau Gierhals: „Ich glaube Du hast ihm Untreue vorgeworfen und es kam zu Handgreiflichkeiten, wie das halt so läuft. Es war ein Unfall du hast es nicht geplant oder gewollt. War es so, ist er hingefallen und hat sich seinen Kopf angeschlagen. In der kleinen Hütte hier wundert's mich nicht. Gib es zu. Wo ist er. Er nahm kein Flugzeug, er kaufte kein Zugticket, buchte kein Hotel. Jetzt gib es schon zu was ist an diesem besagtem Freitag noch alles passiert." Was versuchte sie mir da in die Schuhe zu schieben. Denkt sie etwa, er lebe nicht mehr, ich hätte ihn zu Tode geredet oder so lange angestarrt bis er von selbst tot umfiel. Was sollte das Ganze, würgel würgel.

Merkt die eigentlich nicht was sie da erzählt. Wenn sie nicht hier gewesen war, hätte sie nicht wissen können, dass es der Freitag-Vormittag war und dass alles hier in der Küche abgelaufen ist. Es war Zeit sie uns vom Halse zu schaffen. Aber wieso wusste sie, dass er keine Flug- oder Zugtickets gekauft hatte oder im Hotel wohnte. Versprach spannend zu werden.

Ich: „Ja, es ist wirklich an der Zeit Klartext zu reden. Wieso um Gottes Himmels Willen weisst Du, dass er nicht irgendwelche Tickets gekauft hatte und wieso redest Du vom Freitag-Vormittag. Was bedeutet das alles. Ich denke du schuldest MIR eine Erklärung und nicht umgekehrt."

Etwas belämmert schaute sie ins Leere und wie es aussah war es ihr auch leid das ganze Theater aufrecht zu erhalten. Der Kampf zeichnete sich deutlich in ihrem Gesicht ab. Sie schien hin und her gerissen zwischen - die Scharade weiter spielen oder zu beenden und schauen was dabei herauskommt. Zu unser aller Glück entschied sie sich für das Zweite. Alles war viel banaler als ich gedacht hatte. Scheinbar lag meinem Mann sehr viel an seiner Arbeit weniger an seinem Privatleben. Sie erzählte, ich hoffe, dass dies wirklich die volle Wahrheit ist, dass sie ihn an dem besagten Freitagvormittag einfach besuchen wollte. Da sie seit einigen Monaten zusammengearbeitet hätten, habe sie dies schon öfters getan, ihn auch sonst zu besuchen. Als sie kam sei er aber sehr vertieft in seine Arbeit gewesen und kurzangebunden. Auch ein guter Kaffee konnte ihn nicht von der Arbeit weg locken. Nichts habe genutzt. Also gab es nur eins, mitarbeiten. Mir hingegen hatte er erzählt, dass sie immer nur gearbeitet hätten. Von Besuchen war nie die Rede. All dies hatte sich so zwischen 9 - 11 Uhr rum abgespielt. Das Einzige was ihr aufgefallen sei, dass er noch wortkarger war als sonst. Eigentlich sei sie bereits im Begriff gewesen abzuhauen, als ich vor der Haustüre gestanden und nach den Hausschlüsseln in meinen Rucksack kramte. Sie hätten sich gefragt was ich so früh, um diese Zeit daheim zu tun hätte. Total erschrocken und immer wieder nervös auf sein Reagenzglas schauend, habe er sie gebeten zu gehen und zwar schnell. Am besten durch den Garten um nicht gesehen zu werden. Er habe sie gedrängt sich zu beeilen aber sie hätte ihm zu langsam reagiert und daher habe er sie so richtig angeschnauzt, sie solle doch bitte endlich gehen. So aufgeführt habe er sich noch nie und daher fand sie es sei wirklich das Beste schnellstens das Weite zu suchen. So das sei es gewesen und nun sei ich an der

Reihe. Es spielt zwar keine Rolle aber mir erzählte er sie hätten wirklich immer nur gearbeitet. Jemand schwindelt und diesmal denke ich, es ist Frau Gierhals. Er hatte keinen Grund mehr zu lügen. Wo er sei und was noch passiert ist nachdem sie weg war wollte sie wissen. Gut hatte sie den Stein der mir vom Herz fiel, nicht fallen gehört. Wenn dies annähernd die Wahrheit ist, wusste sie wirklich nicht was mit ihm passiert ist. Daher entschloss ich mich für eine Lösung, die einfachste. So erzählte ich ihr: „Nachdem ich endlich die Schlüssel gefunden habe, sah ich einen menschlichen Schattenumriss der sich vom Haus weg bewegte und nun weiss ich, dass ich mich nicht getäuscht habe. In der Spüle standen zwei Kaffeetassen, eine mit Lippenstift-Spuren. Die war der Anlass für eine heftige Auseinandersetzung. Während des Streits hat er auf- und weggeräumt und da ist eines der grösseren Reagenzgläser in die Brüche gegangen. Da wurde er erst recht sauer. Kurzum das war der Höhepunkt des Streits und wir beschlossen uns zu trennen, scheiden zu lassen. Er packte seinen Seesack und verliess mich.
Unfassbar sie gab sich immer noch nicht zufrieden. Die andere Frau mit dem dunklen langen Haar liess ihr keine Ruhe und sie wollte nun endlich wissen was es damit auf sich habe. Wahrheitsgetreu erklärte ich, dass ich nur von einer wisse mit diesen Haa-

ren und das sei eine ehemalige Mitschülerin gewesen. Scheinbar sei diese für kurze Zeit wieder im Lande und es könne gut sein, dass er sie getroffen hätte. Inbrünstig hoffte ich, dass dies nun endlich reichte und sie sich zufrieden gab. Doch eine Frage hatte sie dann doch noch auf Lager. Ob ich wisse wo er sich den nun jetzt befinde. Plötzlich fiel mir wieder ein, was sie betreffend Flug- und Zugtickets gesagt hatte und bevor ich sie vom Hacken liess, wollte ich den Rest noch hören. Ihren Drang ihn unbedingt zu finden war grösser als die Tatsache, dass sie und einer ihrer Kollegen den Datenschutz missachtet hatten. Worauf ich sie sehr dezent hinwies. Und so erzählte sie mir den Rest. Die lieben hilfsreichen Kollegen. Einer von diesen arbeite bei einem Kreditkarten-Institut und hatte ganz einfach ein paar Tage die Bewegungen auf dem Konto meines Mannes beobachtet und sie informiert, dass mit seiner Kreditkarte keine Tickets oder Hotels gebucht worden waren. So ging sie kurzerhand davon aus, dass er sich noch im Lande befinden müsse. Mehr habe der Kollege ihr dann vor lauter schlechtem Gewissen doch nicht erzählt. Beruhigte sie etwas aber nett war es trotzdem nicht von ihm. Langsam fand ich es sei nun wirklich genug. Echt müde und Frau Gierhals überdrüssig, komplementierte ich sie raus. Endlich war sie aus der Wohnung. Es reichte für heute daher zogen wir uns in unsere edlen Schlafgemächer zurück. Auch ein Schlafsack kann edel sein oder?

Etwas mehr hatte ich mir vom ganzen Theater mit der Frau von und zu Gierhals schon versprochen. Wirklich etwas Neues war dabei nicht herausgekommen. Aber die Hoffnung stirbt zuletzt. Der neue Tag begann mit einem erlösenden Gefühl. Sollten wir Frau Gierhals endlich los sein. Die Mädels meinten ja. Vermutlich ging sie nun endlich auf die Suche nach der dritten Frau und liess uns vorerst in Ruhe. Ich stimmte ihnen zu. Vor allem, es war an der Zeit nochmals alles durchzuspielen für die Auktion am nächsten Tag. Der kleine Mann gab uns klar zu verstehen, seht her ich habe es euch ja gesagt. Mit Frau Gierhals lief nichts, einmal hat gereicht. Etwas schlauer sei er geworden. Sie hätten zusammen gearbeitet und ja er gebe zu, dass sie **ihm** immer wieder Avancen gemacht hatte er sie aber nie erwiderte. Er hätte andere Sachen im Kopf gehabt, Wichtigeres. Ja, das Resultat sass auf dem kleinen Stuhl vor uns.

Man merkte es begann ihn zu ängstigen, dass das geplante Vorhaben immer näher rückte. Mir wäre es nicht besser ergangen und so schenkte ich ihm diesen Vormittag sehr viel meiner Zeit. Ein kleines tolles Frühstück war im Nu gezaubert und ich brachte es sogar zustande, dass sein Kaffee heiss serviert wurde. Eine echte Fummelei mit so kleinen Tassen. Dann fand ich, dass wir einfach reden sollten, Ablenkung tut Not. Reden hilft enorm viel in den meisten Fällen. An die frische Luft getraute ich mich dann doch noch nicht. Man soll es nicht auf die Spitze treiben. Wir wollten vorerst sicher sein betreffend Frau Gierhals, ob sie tatsächlich es aufgegeben hatte bei uns rum zu schleichen. Unser kaputte Gartenhag sprach da eine deutliche Sprache!

Den Nachmittag verbrachten wir damit, die Outfits zu kontrollieren. Unser Girl musste nochmals eine längere Anprobe über sich ergehen lassen. Nochmals verschiedene Stile wurden ausprobiert bis wir den besten Mittelweg gefunden hatten zwischen sexy und elegant. Dann ging's um Make up. Dezent unaufdringlich war die Vorgabe. Immer wieder wischte eines der Mädel da etwas weg, dann wurde neu aufgetragen um es eine Minute später wieder wegzuwischen. So fummelten wir an unserem Girl herum bis sie nicht mehr konnte. Ihre Augen und Wangen schmerzten vom vielen Weg- und Auftragen der Schminke. Sie klagte über wunde Füsse da ihr die High Heels schwer zu schaffen machten. Aber das Resultat war super. Sehr zufrieden zwangen wir sie sich einmal im Kreise zu drehen damit wir sie von allen Seiten betrachten konnten.

Unser Girl: „Muss ich wirklich diese High Heels tragen, können wir nicht ein flacheres Paar nehmen. Trage nie so hohe Absätze und ich kann mir nicht vorstellen, dass das glatt verlaufen wird wenn ich bereits jetzt seitwärts kippe. Den Rest nehme ich auf mich aber die Schuhe da MUSS was passieren." Wir mussten zugeben, dass sie nicht unrecht hatte und zu dem erschienen ihre Füsse etwas sehr gross in den spitzen Dingern. Kurzum sie bekam neue halb so hohe Schuhe. Eines der Girls, clever machte noch Fotos von ihr und dann fanden wir, dass der Tag gut genutzt worden war und ein ruhiger Abend vor dem morgigen bedeutenden Tag konnte nicht schaden. Man genoss die friedliche Zeit und jede tat worauf sie gerade Lust hatte. Ich setzte mich zum kleinen Mann und wir versuchten Backgammon zu spielen. Ein kleines Spiel zu basteln ist sehr einfach. Ich sag's ja sehr ungern aber es gibt so kleine Würfel zum kaufen. Wen wundert wirklich? Er musste unter der Lupe würfeln damit ich genau sehen konnte was er so trieb. Es wurde spät. Ein angenehmer Abend ging zu Ende und wir ab ins Bett.

Der Morgen vor dem Abend

Die vorherrschende Stimmung hiess Anspannung. Um mich etwas abzulenken bat ich den kleinen Mann sich wieder einmal zu messen. Wollte kein Risiko eingehen. Wäre es doch der absolut falsche Zeitpunkt gross zu werden, zu wachsen. Natürlich versuchte ich meinen Wunsch harmlos erscheinen zu lassen aber ich denke er wusste was auf dem Spiel stand und tat es ohne zu murren. Keine Veränderung was wir als ein gutes Omen deuteten. Keine von uns konnte es sich wirklich vorstellen, wie es ist so klein zu sein. Klar kommen einem Bedenken und Mitleid wiegt offen gesagt vor doch wir hatten ihm dies nicht angetan und so fuhren wir weiter unseren Plan zu verwirklichen.

Unser auserwähltes Girl erhielt einen Freischein für ihre besondere Leistung. Was das bedeutet? Gültig ist so ein Schein 24 Stunden. In dieser Zeit sind die anderen für ihr Wohlsein, ihre Begehren und Wünsche verantwortlich. Was immer es ist. Kurzum wir sind ihre Dienerinnen. So machten wir ihr Bett, ihr Frühstück und sie durfte als erste die Tageszeitung lesen. Ja, das wissen wir, dass unterdessen e-Zeitungen existieren aber Zeitung in Papierform lesen beim Frühstück ist gemütlich und so familiär.

Dann folgte das Verwöhn-Programm. Geduscht hatte sie alleine natürlich. Aus dem Wohnzimmer wurde ein Spa, soweit es dies uns gelang es in ein solches zu verwandeln. Einen Massagetisch aufzubauen schafften wir jedenfalls. Etwas schmal aber er erfüllte seinen Zweck. Wie sie es genoss von Kopf bis Fuss eingecremt zu werden natürlich inklusive einer Kopfmassage. Dann ab mit ihr ins Bad, Haare waschen und zurück ins Wohnzimmer. Dort wurde sie frisiert, Schminke aufgelegt und ihre Fingernägel maniкürt. Dazwischen erfüllten wir ihr all ihre Wünsche. Der kleine Mann schien das Ganze zu amüsieren. Währendes sass er die meiste Zeit neben seinem Puppenhaus liess die Beine baumeln und genoss die Aussicht. Manchmal nickte er zustimmend oder gab zu verstehen, geht gar nicht. Die Hintergrundmusik das i-Pünktchen aufs Ganze. Trotz dem bevorstehenden Ereignis, eine harmonische Zeit.

Sie sah wirklich bezaubernd aus unser Girl. Alles vorher zu üben zeigte seine Früchte sprich hatte sich gelohnt. Je näher der Zeitpunkt rückte umso mehr begann sie trotzdem nervös zu werden. Unsere Versuche sie mit doofen Witzen abzulenken gelang uns eher schlecht als recht. Noch etwas alleine sein wünschte sie bevor es los ging. Schwups waren wir draussen.

Dann war's soweit. Ich schnappte den kleinen Mann, schubste ihn in die Transportjackentasche und nachdem wir uns umgeschaut hatten ob die Luft rein, stiegen wir ins Auto. Da wir mit Staus, verstopften Strassen und Unmengen von Baustellen (kennen ja alle) rechneten fuhren wir um einiges früher weg.

Endlich da, gespannt schauten wir unser Girl an und es kam mir so vor als hätte sie einen verschmitzten Ausdruck im Gesicht. So ein klein wenig listig.

Nachdem sie von uns allen ein toi toi toi über sich ergehen liess, sahen wir wie sie langsam Haltung annehmend die Strasse überquerte. Oh, was hätten wir gerne Mäuschen gespielt. Der Gedanke ihr den kleinen Mann mitzugeben, der kam uns allen einmal aber es war zu gefährlich da manchmal Taschen- respektive Jackenkontrollen stattfanden. Es wäre auch eigentlich mehr als Unterstützung für sie gedacht gewesen doch so wie wir sie kennen wird sie das Ding 100pro schaukeln. Das erste Hindernis das es galt zu überwinden, sie besass keine Eintrittskarte. Pro Eintritt konnte eine Begleitung mitgenommen werden. Einen Mann anzusprechen der alleine zur Auktion wollte war eine Möglichkeit doch sie ergriff eine total andere. Jedenfalls dachten wir das alle damals. Das Auktionshaus war mit einigen Stufen gesegnet was für ältere Menschen oder gar Rollstühle extrem unpassend war. In dem Moment als sie damit begann sich umzuschauen, fuhr eine ältere schöne Limousine vor. Der Chauffeur lief wie es sich gehörte ums Auto und begann sich mit einem Rollstuhl zu beschäftigen. Indes eine nicht mehr ganz junge, sehr gut gekleidete Dame langsam eine zweite Autotüre öffnete um dort auf den Rollstuhl zu warten. Der Chauffeur und die Lady halfen einem weisshaarigen Mann in den Stuhl. Genau in dem Moment als sie sich bemühten den Rollstuhl inkl. dem älteren Herren hinauf ins Auktionshaus zu tragen, trat uns Girl geschickt in Aktion. Sie bot kurzerhand ihre Hilfe an was alle drei dankbar annahmen und so am Arm der älteren Lady, betrat sie schlussendlich die Auktionshalle. Der Rest war ein Kinderspiel. In Begleitung dieses Ehepaars erübrigt sich eine Eintrittskarte. Vereinbart war, dass wir ihr keine sms senden oder sie gar anriefen. Viel konnte ihr eh nicht passieren. Im schlimmsten Fall würde sie einfach vor die Türe gesetzt, mehr nicht. Wir anderen waren daher zum Warten verdammt. Die einfachste Art Warten kurzweilig zu gestalten ist, zum einen essen und zum anderen Karten zu spielen. Um nicht aufzufallen parkierten wir etwas abseits und versuchten den Anschein zu geben, als wäre dies für uns eine normale Art Zeit zu verbringen. Wir wussten aus dem

Katalog, dass nicht sehr viele Bilder, Skulpturen und so weiter und so fort angeboten wurden. Gemäss Zeitangaben sollte es sich um ca. zwei Stunden handeln was nicht so lange ist. Etwas unruhig verspeisten wir unsere Hamburger und quasselten belangloses Zeug. Nach ca. zwei Stunden räumten wir den Müll im Auto zusammen und fuhren wieder auf die andere Strassenseite bereit unser Girl von der Scharade und ihren unbequemen Schuhen zu erlösen. Ihre Sneakers standen bereit.

Die grossen Flügeltüren öffneten sich und der grösste Teil der ach so erhabenen Gesellschaft strömte aus dem Gebäude. Von unserem Girl keine Spur. In solchen Momenten beginnt das Gehirn sich alles Mögliche und Unmögliche vorzustellen. Man wird immer unruhiger und betet, dass nichts passiert ist. Endlich 45 qualvolle Minuten später tauchte sie in Begleitung eines gut gekleideten Herrn auf. Im Schlepptau Herr und Frau Rollstuhl. Man amüsierte sich offensichtlich sehr. Die schwarze Limousine fuhr vor und mit Hilfe des Chauffeurs wurden Herr Rollstuhl und Frau unter grosser Verabschiedung von unserem Girl in ihr Auto verfrachtet. Wir wurden weiter auf die Folter gespannt. Unser Girl schien es in keiner Weise eilig zu haben. Der hübsche Mann und sie plauderten, lachten als seien sie alte Bekannte. Weitere zehn Minuten später hatte sie Mitleid mit uns. Wir sahen wie Visitenkarten (ja, auch wir hatten an die Dinger gedacht) ausgetauscht und aus unserer Sicht ein Rendezvous vereinbart wurde. Clever wie sie war, liess sie sich viel Zeit, das heisst bis er um die Ecke verschwunden war. Noch etwas warten und endlich stand sie vorm Auto über alle vier Backen strahlend. Wir platzten beinahe vor Neugier und trotzdem liessen wir sie noch etwas in ihrem Glück schwelgen. So wie sie aussah konnten wir davon ausgehen, Ziel erreicht und wieso sollten wir sie daher auf den Boden der Tatsachen zurückholen. Das würde sie von alleine hinkriegen. Dahin schafft man es immer ohne Unterstützung.

Die Heimfahrt bescherte uns mit einer angenehm prickelnden Stille. In solchen Momenten ist das Leben so lebhaft obwohl keiner redetet alle sich einfach nur wohlfühlen. Unser Girl war ansteckend in ihrem Glück. Was will man mehr. Um diese Stimmung noch etwas geniessen zu können, fuhren wir einen riesigen Umweg nach Hause. Auch wenn wir gerne alles gehört hätten, jede Kleinigkeit, gaben wir uns menschlich. Nicht nur unser Girl war müde, nein wir ebenso. Waren wir unserem Ziel einen grossen Schritt näher gekommen? Ihr Strahlen verriet uns, dass einiges erreicht worden war und scheinbar noch viel mehr. Und um uns nicht total schmoren zu lassen gab sie uns zu verstehen. Kinder, wir werden es hinkriegen und tschüss schlaft gut.

Es war eine tolle Nacht, ich schlief tief und ruhig. Ein kleiner Wermutstropfen, kein Traum. Ich träume doch so gerne. Doch mehr dazu ein anderes Mal.

Aufgestanden wollten wir endlich genau wissen, wie's abgelaufen war. Noch länger warten nein! Mehr als Kaffee lag im Moment nicht drin. Ein zu nervöser Magen. Endlich, endlich war es so weit. Alle sassen wir um den Frühstückstisch den kleinen Mann in der Mitte auf dem Tisch platziert. Unsere Ohren so gross wie die eines Elefanten!

Sie begann zu erzählen: Nachdem sie dem älteren Ehepaar mit dem Rollstuhl die Treppe rauf geholfen hatte, luden sie sie ein mit ihnen in die Auktion zu gehen. Sie hätten gute Plätze und immer für ein zwei Personen mehr Platz. Was haben die so was wie ne Loge bei der Oper? Sie würden sich gerne für die Hilfe revanchieren. Natürlich mit Freude schloss sie sich den beiden an und liess es sich nicht nehmen den Rollstuhl zu stossen. Kaum im Saal sei ein Bekannter des älteren Paares hinzu gestossen. Nach näherer Betrachtung fand unser Girl um so besser. Ein charmanter Mann und recht gut aussehend. Eine Begleitung was wünschte sie sich mehr.

Von Kunst verstand sie ja nicht viel was aber für ihre neue Bekanntschaft nicht weiter von Belang war, im Gegenteil. Ihr neuer Ritter nutzte die Gelegenheit sie in die Geheimnisse der Malerei einzuführen. Er liebe Bilder und so fern es ihm möglich sei, kaufe er eines der viereckigen Wunder. Ihr gefiel die Auslese seiner Bilder und registrierte, dass er nicht unbedingt beim billigsten Gemälde ein Angebot machte. Auch das Ehepaar hielt sich bei ein, zwei der Kunstwerke nicht zurück. Somit schien klar zu sein, dass auch diese nicht von Hartz IV* leben mussten. Es gab Champagner und wundervolle Canapés. Sie genoss die kultivierte Gesellschaft der Drei und vor allem seine Aufmerksamkeit ihr gegenüber. Ein kurzweiliger Abend. Hauruck und die meisten Bilder und Skulpturen hatten neue Besitzer gefunden. Das ältere Ehepaar lud unser Girl für den nächsten Tag zum Afternoon-Tea ein und ihr neuer Verehrer bestand auf eine Einladung zum Abendessen. Es war toll, sie hatte die Aufgabe mit Bravour gelöst und vielleicht noch einen Mann kennengelernt. Was will man mehr. Ich wüsste da schon was! Wir zwangen sie uns mehr auch die kleinsten Details zu erzählen. Sie begann mit ihm, ihrer neuen Errungenschaft bis wir von ihrer Schwärmerei ge-

---

* umgangssprachlicher Begriff für Arbeitslosengeld, Deutschland

nug hatten. Dann kam das ältere Ehepaar an die Reihe inklusive deren Chauffeur. Inbrünstig betete ich, so möge es weiterlaufen. Aber seid vorsichtig mit euren Wünschen die können auch in die Hose gehen!

Den ersten Gipfel hatten wir erstürmt. Nun galt es dran zu bleiben. Unser Girl schien als ob sie nicht ganz von dieser Welt sei. Ihr rosa Teint und ihre verträumten Augen sprachen Bände. Verliebt sein ist eine verrückte Sache. Immer wieder beteuerte sie, sie stehe mit beiden Beinen fest auf dem Boden. Aussehen tat's etwas anders. Die eine oder andere beäugte sie skeptisch aber wieso sollten wir jetzt den Plan ändern. Es gibt immer Dinge die nicht einkalkuliert werden können. Verlieben ist eines davon.

Wie diese Leute aussahen und sich geben wussten wir nun aber das eine oder andere wichtige Detail hatte sie uns noch nicht erzählt. Eine stand während ihrer Erzählung auf und begann rum zu wursteln. Ob wir uns nicht alle wieder zu ihr setzen würden, sie könne so besser erzählen. Befohlen, getan. Aber ganz so spektakulär wie wir uns den Rest ausgemalt hatten war es dann nun auch wieder nicht. Im Grunde genommen verlief es wie das Leben ebenso verläuft. Das ältere Ehepaar hatte sich zur Auktion mit dem Gentleman, ihrem neuen Verehrer, verabredet. Treffpunkt in der grossen Halle. Unser Girl fand das ist kein schlechter Start und eine gute Möglichkeit sich ungeniert umzuschauen. Mit solch einem Exemplar von Mann hatte sie nicht gerechnet. Doch als man ihn ihr vorstellte, änderte sich ihr Unwohlsein und Unsicherheit schlagartig. Bis zu diesem Zeitpunkt hätte sie nicht gewusst wie sie weiter vorgehen sollte. Er nahm ihr dies ab in dem er sie rumführte und ihr alles zeigte. Schnell hätten beide gespürt, dass da mehr war und das ältere Pärchen war auch nicht von gestern und genoss das scheinbar ungewollte Verkuppeln. Dass diese drei neuen Bekannten nicht arm waren, habe sie früh bemerkt. Sie kannten Gott und die Welt und so wie es schien kannte man das Ehepaar und dessen Begleiter. Trotzdem verlief der Abend unterhaltsam und niemand hätte ihr den Anschein gegeben, sie würde nicht dazu gehören. Im Gegenteil sie sei sich wie die verlorene und zurückgekehrte Tochter vorgekommen. Und zu allem Glück hatte sie noch einen Verehrer kennengelernt. Alle genossen die Zeit und am Ende bat man sie, sie solle doch bitte unbedingt zum Tee kommen. Natürlich nahm sie die Einladung an, sehr gerne und das Ehepaar freute sich. Das kann ich mir heute lebhaft vorstellen. Die Auktion war vorbei und draussen auf der Treppe alleine mit ihrer neuen männlichen Bekanntschaft bat er sie um ein Date. Einem Abendessen. Noch so gerne, sie hatte Schmetterlinge im Bauch und eine Zeit lang habe sie sogar unser Vorhaben total vergessen. Weiter sei nix passiert, nichts. Also, ab nach Hause. Die Einladung zum Abendessen galt für den nächsten Abend. Die Einladung zum Tee musste das Ehepaar um zwei Tage verschieben. Dem Landlord ginge es nicht gut. Dies teilte unserem Girl ihr neuer Schwarm mit. Zeit schinden nennen wir's heute! Später erzählte sie uns folgendes über das Abendessen und das Danach. Während diesem habe sie immer wieder daran gedacht, ihn einzuweihen. Zumindest teilweise. Sie hätte sich schwer getan ihn so anzuschwindeln. Aber dann dachte sie an uns, wir die ihr vertrauten. Ihm alles zu erzählen ja, eventuell aber nicht ohne dies vorher mit uns zu besprechen. Das Abendessen war vorbei und beide vollgestopft. Immer wenn sie nervös sei müsse sie essen. Er aber habe ihren Appetit genossen und ebenfalls so richtig zugelangt. Mit so vollen Bäuchen hatten sie nur noch Lust flach auf den Boden zu liegen was sie ihm Scherzens halber vorschlug. Daraufhin hätte er sie am Arm gepackt, in sein Auto verfrachtet und gelandet seien sie in seiner wirklich schönen Wohnung mit Aussicht auf die ganze Stadt. Nicht lange gefackelt, warf er eine Decke auf den Boden und dort verbrachte man den Rest des

Abends und die ganze Nacht. Mehr wurde nicht verraten und ging uns auch absolut nichts an. Gewusst hätten wir's gerne aber wir gingen davon aus, erzählen würde sie es uns so oder so noch.

So beliessen wir's vorläufig dabei und beschlossen, den kommenden Besuch, wir nannten ihn Teatime, zu besprechen und als Chance zu betrachten unseren Plan weiter zu verwirklichen. Eines der Mädels meinte, so frisch verliebt wie das Girl ist, hoffe sie, dass sie nicht unser Ziel ausser Acht lasse. Nein, fanden wir Restlichen, sie wird es schaffen. Es könnte sogar alles um einiges erleichtern.

Die Adresse des älteren Pärchens verblüffte uns dann doch. Mmmh, nicht von schlechten Eltern. Damit hatten wir nicht gerechnet. Manchmal geht das Leben wirklich eigene Wege. Aber dazu kom men wir später. Hättet ihr unsere Gesichter sehen können als wir deren Visitenkarte lasen, ihr hättet Spass gehabt. Von wegen eigene Wege.

Manchmal wenn ich nervös bin kribbelt und krabbelt mein ganzer Körper. Und ich war nervös. Wieso spüre ich plötzlich Unruhe in mir? Ich stutzte. Mein Bauchgefühl hat mich noch nie betrogen nur wenn ich es ignorierte ging's schief. Aber wie sollen wir jetzt weiter vorgehen. Was war das Schlauste was wir tun konnten. Zuerst mehr Infos einholen über die Drei.

Das ältere Ehepaar war mit einem Stammbaum Reichen und teilweise Adligen gesegnet. Mit nicht immer ganz untadeligem Ruf. Ihr Sohn mit seiner Familie lebt auf der anderen Seite des Planeten. Viel Zeit können sie mit ihnen sicherlich nicht verbringen. Der neue Verehrer gehörte ebenfalls zur gehobenen Gesellschaft. Er aber hatte sein beträchtliches Vermögen alleine zusammen gescheffelt. Vor drei Jahren starb seine Frau vermutlich an Krebs. Kinder gab es keine. Alles in allem für uns glückliche Umstände. Etwas unpassend gesagt aber wahr. Was dem einen sein Uhl* ist dem anderen seine Nachtigall. So beschlossen wir folgendes. Unser Girl sollte versuchen die drei so gut als möglich näher kennen zu lernen. Falls möglich auch etwas zu spionieren, heisst z. B. schauen was auf dem Schreibtisch rumliegt usw.. Vielleicht, für uns die daheim gebliebenen, Gespräche aufnehmen damit wir uns ebenfalls ein Bild machen konnten. So wird es erst recht eine Tea-Party. Moore tea My Lady?

Wir sollten sicher wissen mit wem wir es zu tun hatten. Dachten wir zumindest. Wir hofften, da das weekend vor der Türe stand, man würde anschliessend zum Tee unser Girl für das ganze Wochenende einladen. Nicht etwa für eine Jagd nein, für Spa-

---

* plattdeutsch für Eule

ziergänge oder was auch immer. Vielleicht würde sie es schaffen, dass ihr neuer Verehrer dabei sein durfte. Und so geschah es dann auch. Die Einladung fürs Weekend kam per Mobile. Alles verlief so glatt. Natürlich packten wir die Reisetasche für unser Girl gemeinsam. Bis wieder einmal eine gute Garderobe zusammen gestellt war, standen uns die Haare zu Berge und die Nerven lagen blank. Was tut man nicht alles für den guten Zweck.

Zeit los zu fahren. Nach einer eher schweigsamen Fahrt durch ländliches Gebiet stoppten wir mit weit aufgerissenen Augen und blödem Gesichtsausdruck vor einem imposanten Tor. Zum Nachmittagstee hatte sie ihr Neuer abgeholt und hierher kutschiert. Sie amüsierte sich köstlich über unsere blöden Minen. Oh, wie sie das genoss. Warts nur ab!! Weit und breit kein Haus in Sicht. Über Reichtum zu sprechen ist eine ganz andere Sache als diesen zu sehen. Das Tor war weit geöffnet sollte vermutlich Willkommen bedeuten. Der Weg bis zum Landhaus zog sich dahin und die Mädels begannen Witze zu reissen was ihnen ein „seid doch still ihr eifersüchtigen Weiblein" einbrockte. Endlich standen wir vorm wirklich, wirklich grossen Herrenhaus. Was wären wir gerne ausgestiegen und mitgegangen. So ein Haus auszukundschaften hätte so was von Freude gemacht. Aber wir hielten uns zurück und schubsten das arme Mädel samt ihrer Tasche sanft aus dem Auto. Sie bemühte sich den Kiesweg so elegant als möglich zu überqueren und noch bevor sie die Türe erreichen konnte wurde diese aufgerissen und ihr neuer Verehrer empfing sie über alle vier Backen strahlend. Er winkte uns zu und im Rückspiegel sahen wir noch wie die riesige Holztüre sich schloss. Da japste was in meiner Jackentasche. Unser kleine Mann: „Ist das alles wahr, wo gibt's den sowas. Hier könnte ich wohnen, kein Problem."

„Na, dann wachs mal schön wieder und wir schauen was wir für dich tun können" machte sich eine lustig über ihn.

„Nein, tue ich nicht. Ihr könnt mich doch einfach hier aussetzen und ich schaue alleine weiter. Einen Platz zum Schlafen finde ich in solch einem Haus 100pro."

„Gute Idee, sobald wir Geld haben, darfst du gehen wohin es dich zieht. Bis dann bist du unser Gefangene."

„Ihr könnt mich mal alle, falls ihr mich nicht gut behandelt, werde ich meinen künftigen Besitzer auf euch hetzen und dann seht ihr was ihr davon habt."

„Halte da vorne!" rief eine befehlend.

„Da ist eine Katze und da wollen wir doch mal sehen wie sich unser kleine Kavalier schlägt wenn wir die Katze ins Auto lassen!"

„Haben wir Verbandszeug?"

„Hab mich versteckt, ihr findet mich nicht!" quickste es hervor.

Jetzt musste ich zwangsläufig anhalten, nicht wegen der Katze, nein da krabbelt doch tatsächlich einer in meiner Bluse rum und so soll ich Auto fahren. Unschlagbar doof. Alle wieder auf ihren Plätzen wurde es ruhiger im Auto. Man hing seinen eigenen Gedanken nach. Der Verkehr hielt sich in Grenzen und so genoss ich die Fahrt bis eine fixe Idee begann sich in meinem Kopf festzusetzen. Alles lief so reibungslos ab. Das war nicht das normale Leben das ich gewohnt war. Irgendwie konnte ich mich trotz der Euphorie der anderen nicht so recht damit abfinden. Nicht der kleinste Rückschlag. Und wie ich recht haben sollte. Auf mein Bauchgefühl ist eben Verlass. Bei der nächsten Möglichkeit, fuhr ich rechts raus natürlich beinahe in ein abgemähtes Feld und stieg aus. Die anderen schauten mir verblüfft zu wie ich mir eine Zigarette* ansteckte und hin und her lief. Eine nach der anderen stiegen aus und warteten mit fragendem Blick.

---

* Rauchen schadet der Gesundheit

„Ist euch noch nicht aufgefallen wie reibungslos alles lief. Sollten wir wirklich so ein unheimliches Glück haben und beim ersten Mal einen solchen Treffen landen? Die zwei alten Leutchen stinken vor Geld und der neue Galan passt dazu wie der Frischkäse auf ein Stück warmen Toast (was ich unglaublich liebe zu essen, der Käse der sich auf dem heissen Toast langsam breit macht und....) kann das wirklich alles echt sein frage ich euch!"

„Na ja, ich geb's ja zu du bist nicht die einzige die zweifelt. Beschwerend kommt hinzu, dass unser Girl schon so lange keine Beziehung mehr hatte. Wir wollen es ihr doch nicht versauen. Wenn aber was faul ist müssen wir ihr helfen. Sie unterstützen. Ich meine, sitzen wir jetzt schon in der Klemme oder sitzen wir nicht?"

Recht hatte sie aber schweigen hätte sie können.

„Da gibt's nur eines, umkehren. Das Auto einiges vorher abstellen und den Rest zu Fuss zurück zum Landhaus. Schauen ob wir was sehen, herausfinden können. Sollte unser Verdacht unbegründet sein, umso besser. Wäre was dran, unser Girl würde uns leid tun. Es wäre so schön wenn nichts Ungutes dabei heraus käme aber leider lernte mich das Leben was anderes. Es muss nicht heissen, dass sich eine total üble Sache herausstellt aber so glatt wie das alles verlief. Also kommt umkehren, Auto parkieren und zu Fuss die lange Auffahrt hoch. Achtet etwas auf die Umgebung man weiss nie."

„Maigret oder Sherlock Holmes?" fragte mich eines der Mädels.

„Wen bevorzugst du? Wenn du jetzt Edgar Wallace oder Hitchcock sagst werde ich stinkig."

„Ok, heute Maigret. Der rauchte zwar immer Pfeife aber zumindest wars Tabak. Ich bin nervös. Irgendwie hätte ich gerne auf dieses hier verzichtet. Doch eine von uns ist da in dem Haus und vielleicht geht ihr dasselbe ab und an durch den Kopf. Wir müssen wenn möglich die Wahrheit herausfinden oder?"

„Natürlich was meinst du denn. Ich wäre auch froh, wenn ihr's für mich tun würdet. Allen war aufgefallen wie reibungslos alles ablief. Zu gut um wahr zu sein."

„Still wir sind gleich beim Haus und was nun?"

Wie Hühner liefen wir einfach los und klebten nun an einer Seitenwand des Hauses. Blöd guckten wir aus der Wäsche als sich in meiner Jackentasche der kleine Mann bemerkbar machte. In dem ganzen Theater hätten wir unser Hauptpersönchen fast vergessen. Wir sollen ihn ins Haus schmuggeln meinte er. Er werde schon in der Lage sein etwas rauszufinden. Ob wir Katzen oder Hunde gesehen hätten. Hatten wir nicht aber es war ein blöder Einfall. Er wusste doch was auf dem Spiel stand und sollten wir das riskieren. Nein, wir machten Halbe-Halbe, was bedeutet, wir Grossen spionieren zuerst etwas rum und sollte dies nichts bringen, würden wir ihn von der Leine lassen. Zuerst mussten wir sicher sein, dass sich keine Haustiere im Haus befanden. Er nickte, damit war er einverstanden. Ich gebe zu, jemanden ausspioniert habe ich noch nie und darin fehlte nicht nur mir die Übung so wie ich die Lage einschätzte. Eine Ausrede hatten wir, falls man uns erwischen würde, das neue Liebespaar. Wir hätten doch nur sehen wollen was die beiden so treiben. Etwas plump aber plausibel.

Zuerst war eine Runde ums Haus angesagt. Ich sag euch die Hütte ist echt gross. Nicht gesehen zu werden bedeutet, bei den Fenstern sich ducken beinahe kriechen somit den Rücken malträtieren. So was von unbequem. Folgendes fanden wir heraus: Die Herrschaften und ihr Besuch befanden sich im Salon und unterhielt sich angeregt. Da ein Seitenfenster, einen Spalt geöffnet, unter dieses zog es uns. Wir quetschten uns alle unter den Fenstersims und versuchten mitzuhören. Sie schienen sich zu amüsieren erzählten kleine Anekdoten. Eine folgte der anderen. Die älteren Herrschaften waren weit gereist und schienen ihr Leben zu geniessen auch noch im Alter und trotz Rollstuhl. Der Stuhl sei nur bedingt ein Hindernis da man ja wenigstens Geld besässe, meinte die alte Lady zwischendurch zu einem ihrer Gäste. Mit genügend Kleingeld könne man Helfer bezahlen. Wo sie recht hatte, hatte sie recht. Lange hielten wir die äusserst unbequeme Stellung nicht aus und schlichen daher ein gutes Stück weiter wo wir hinter einem grossen, wundervollen Rosenbusch ein gutes Versteck fanden. Zuerst streckten und reckten wir uns um unsere Rücken zu entkrampfen. Katzenbuckeln strengt wirklich an. Was nun, abwarten meinte eines der Girls, nur nichts überstürzen. Wie immer ein guter Vorschlag. Etwas unternehmen können wir jederzeit und so beruhigten sich unsere Gemüter. Lange warten, mussten wir nicht. Im Haus tat sich etwas. Konnten wir deutlich durch das leicht geöffnete Seitenfenster hören. Die da drin wollten etwas an die frische Luft was für uns eine super Gelegenheit ist, ins Haus zu schlüpfen. Wir Laien als die perfekten Einbrecher, wie geht so einer vor? Wir ein paar Witzfiguren die in ein Haus eindringen wollen aber nicht um zum Stehlen - wären wir glaubhaft wenn wir erwischt würden. Wir denken ja und das genügt. So und wie kommt man jetzt unbemerkt in so ein Haus. Gibt es Angestellte wenn ja wo befinden die sich. So einfach wie es in den TV-Krimis abläuft so ist es nun mal nicht. Aber wie immer eine hatte eine Idee. Es müsse doch ein Eingang für die Angestellten oder ein Kellereingang existieren. Na toll durch die Kohleluke rutschen wie in den alten Filmen? Falls das Landhaus heute mit Gas beheizt wird, früher war es Kohle. Die Keller bleiben schwarz und voll Kohlenstaub bis in alle Ewigkeit. An die Spinnen mochten wir erst gar nicht denken. Uns gruselte schon der Gedanke an den Keller. Daher war klar, dass der erste Vorschlag, es durch den Angestellteneingang zu versuchen, der weitaus bequemere war. Um einiges besser als durch den dunklen Keller tapsen. Wer weiss was da unten alles auf uns lauert und nur auf seine Chance wartet, uns naiven Erdlinge zu erschrecken. Noch eine halbe Runde ums Haus und wir standen vor dem Lieferanten-/Angestellteneingang. Ebenfalls beeindruckend in seiner Grösse aber sehr, sehr viel schlichter als der Haupteingang. Ein kleineres Auto hätte mühelos direkt ins Haus fahren können.

Natürlich wird die Türe nicht einladend für uns geöffnet sein, nein-nein die wurde obendrein sicher noch zweimal verriegelt. Eine wagte sich vor um an der Türe zu horchen. Sie mühte sich ab durch das dicke Holz Geräusche zu vernehmen. Enttäuscht schüttelte sie ihren Kopf aber was hiess das? Nein, ich kann nichts hören da die Türe zu dick ist oder nein da ist niemand. Perfekt, noch bevor wir uns den Kopf darüber zerbrechen konnten, öffnete eine kurzum das Ding. Abgeschlossen war sie nicht, das war nun klar. Wir trollten uns und schon standen wir im Haus. Währenddes wir versuchten uns zu orientieren hörten wir Schritte. Wie versteinert blieben wir stehen, viel anderes blieb uns eh nicht übrig.

„Ich hole nur schnell unsere Mäntel und eine Decke für meinen Mann" rief eine Frau.

Wir wagten kaum zu atmen. Sollte es länger dauern, würden wir kurzum in Ohnmacht fallen. Sie starben an Sauerstoffmangel würde in unserem Nachruf stehen. Wir hörten, wie sie alles zusammen kramte und wieder verschwand.

Auf dieser Seite des Ganges befand sich die Küche, deutlich erkennbar an all den Pfannen und Lebensmitteln. Keine Stimmen mehr zu hören, so schlichen wir in die Küche. Herrlich so eine Landhausküche, riesig und unglaublich gemütlich. Überall lagen Lebensmittel, Gemüse, Früchte und Käse der in einfachen aber wunderschönen Glasbehältern steckte. Schon schnappte sich eine ne Banane und eine andere ein schönes Stück Käse. Wir hatten Hunger und bei all dem wunderbaren Essen machte sich dieser laut bemerkbar. Das auch noch. Wir wollten doch nix stehlen aber bei dieser Auswahl greift man automatisch nach etwas. Taps-taps, Schritte jemand näherte sich der Küche. Ab kauend unter den Tisch oder hinter eine der vielen Schranktüren.

„Ich mach nur schnell das Licht aus und dann gehen wir. Die Köchin kommt erst gegen 18 Uhr wieder um das Abendessen zu kochen. Die Küche braucht kein Licht."

Eine Zeitangabe, damit konnten wir was anfangen und schon war das Licht aus.

Dann hörten wir wie alle nach draussen gingen und die Türe hinter ihnen geschlossen wurde. Aus einem der Fenster beobachteten wir wie sie in Richtung Wald liefen. Ob eine Frau oder ein Mann den Rollstuhl schob konnten wir nicht genau erkennen.

Kurze Absprache und wir machten uns auf die Suche nach einem Büro. Da der Hausherr im Rollstuhl sass, konnte sich dieses nicht im Obergeschoss befinden. So war es denn auch. Licht anzuzünden lag nicht drin aber es reichte einigermassen. Die üblichen Bürogeräte standen herum. Ein riesiges Pult ohne Bürosessel füllte den halben Raum. Volle Aktenschränke und einiges an Papieren lagen herum. Wir wollten ja nicht seine Geschäfte ausspionieren, wir suchten einen Hinweis ob alles doch kein Zufall sein konnte. Der PC lief war aber natürlich durch ein Passwort gesichert. Das half uns keinen Deut weiter. Wo ist ein Hacker wenn man einen braucht. Neben dem PC lag ein kleiner Stapel Visitenkarten.

Dazwischen befand sich eine von Hand geschriebene mit für uns absolut bekannter Adresse. Es war unsere Anschrift. Eine kleine Zusammenstellung des Lebenslaufes meines lieben Chemikergatten lag darunter. Daneben Auszüge aus dem Internet. Allgemeine, öffentliche Informationen über ihn. Das reichte, von Glück und Zufall konnte keine Rede mehr sein. Was lief da und wer waren die? Hatten sie ihre Finger schon länger in unserer Angelegenheit? Das Schlimmste, sollte der neue Verehrer nicht echt sein, bekam er Prügel. So etwas durfte keinem Menschen angetan werden. Mit Gefühlen zu spielen konnte nicht angehen. Dem würden wir's zeigen. Immer vorausgesetzt er macht bei dieser Scharade mit.

Es reichte. Völlig unbemerkt kehrten wir zu unserem Auto zurück. Die Heimfahrt war bitter, die Lust zu reden war uns vergangen. Unser kleine Mann schüttelte unentwegt seinen Kopf. Er verstand gar nichts mehr. Jedenfalls machte es den Anschein. Ich bat ihn gut nach zu denken ob er nicht doch einen der Drei schon irgendwo mal gesehen oder gar gesprochen hatte. Wir waren durcheinander, hunderte von offenen Fragen schwirrten uns im Kopf herum, als wir unser Zuhause erreichten. Wortlos setzten wir uns ins Wohnzimmer. Ausser auf die Rückkehr unseres Girls warten, gab es nicht viel zu erledigen.

Hoffentlich war ihr neuer Bekannter nicht wirklich ein Fake*.

Wussten wir doch nicht was hier wirklich gespielt wurde, was die vor hatten und zu was sie fähig sind. Auf den trübsinnigen Abend folgte eine unruhige Nacht. Mein Gute-Nacht-Besuch beim kleinen Mann fiel kurz aus. Alle wollten für sich sein, ich auch. All das liess einem einfach nicht los. Ich wälzte mich hin und her. Rumzuliegen und nichts unternehmen zu können grenzt an Folter. Inbrünstig hoffte ich, dass wir keinen Hinweis im Landhaus hinterlassen hatten beim Rumschnüffeln. Manchmal braucht es sehr wenig, eine etwas verschobene Tischlampe, eine nicht ganz geschlossene Schublade oder falsch zurückgelegte Schriftstücke. Meine Nerven wurden sehr strapaziert. Doch ich hatte nicht vor sehr lange untätig rum zu sitzen und mir Fragen zu stellen auf die ich keine Antworten wusste.

Keine hielt es lange im Bett aus. Still erledigten wir die nötigen Dinge bis ich das Ganze einfach nicht mehr aushielt. So in Unwissenheit zu sein ist einfach unerträglich.

„Wir werden ihnen einen Sonntag-Morgen-Besuch abstatten anstelle hier noch lange rum zu sitzen und

---

* Englisch für Schwindel, Fälschung,

Däumchen zu drehen. Ein Zufall ist was anderes. Doch bevor wir jetzt abfahren möchte ich nochmals schauen ob wir nicht noch mehr über die Drei in Erfahrung bringen können. Auch rede ich nochmals mit unserem kleinen Mann. Mich lässt da so ein Gefühl einfach nicht mehr los. Irgendwie weiss er etwas und getraut sich wieder nicht es uns zu sagen. Ich spüre es und kenne ihn egal wie gross oder klein er ist." Im Wohnzimmer stellte ich mich vor sein momentanes Zuhause und schaute ihn einfach nur an. Ich fühlte mich wie gelähmt. Ich konnte ihn einfach nur anstarren. War es wirklich so. Hatte er damit zu tun oder war es einfach nur dumm gelaufen und er hatte wieder einmal zu viel geplaudert bei welcher Gelegenheit auch immer. Manchmal hatte er Schübe, Anfälle von: ich will hoch hinaus, eines Tages wird man von mir reden. Ich werde berühmt mit meiner Erfindung und so weiter. Meistens überkamen ihn diese Anfälle wenn wir gemütlich an einer Theke sassen und einen Feierabend-Trink genossen. Oder er spukte grosse Töne beim Männerabend. Dann wiederum tat es ihm leid sich wieder einmal wichtig genommen zu haben. Vor allem dann wenn er keinen Schritt weitergekommen war. Es hätte gut sein können, dass in solch einem Moment der Angeberei die falsche Person was aufgeschnappt hatte.

Ich löste mich aus meiner Starre. Ruhig setzte ich mich und gab ihm zu verstehen, jetzt wird geredet. Er konnte mir nicht ins Gesicht schauen. Toll, also war da was und nun Junge raus mit der Sprache sonst....!!

Schuldbewusst begann er zu sprechen. Zuerst sehr leise und undeutlich aber dann sprudelte es aus ihm heraus.

Das Geständnis von Monseigneur Petit*:

„Irgendwie stockte meine Arbeit. Ich wusste nicht weiter und dann erhielt ich die Einladung für ein sehr interessantes Symposium. Das Thema entsprach meiner Arbeit. Dort wurde mir immer mehr bewusst, dass ich an etwas wirklich Sensationellem dran war. Auch wie gefährlich es für mich sein würde an die falschen Leute zu geraten. Stellte einer der Anwesenden Fragen versuchte ich den Dummen zu markieren was aber nicht ganz so einfach ist, da ich Informationen benötigte über ein spezielles Thema.

Einen älteren Herrn im Rollstuhl vermutet man doch nicht unter Gaunern. Wir kamen ins Reden. Mein Versuch nichts vom Stadium meiner Arbeit zu verraten gelang scheinbar nur bedingt. Er schien sehr angetan von mir gab mir aber zu verstehen,

---

* Französisch für Mein kleiner Herr

135

dass er sich total zurückgezogen habe und nur noch zum Spass solche Symposien besuche. Ich begann ihm zu vertrauen und daher schlug ich die Einladung zum Mittagessen nicht aus. Ein wunderbares Essen, zu viel Wein und danach Espresso mit Cognac der alles abrundete. Er zog mich mit seinen Erzählungen in den Bann. Scheinbar liebte er es in jungen Jahren Risiken einzugehen. Und ich schwöre Dir mehr war da nicht. Hatte keinen weiteren Kontakt mit ihm. Was aber sehr gut sein kann, dass ich erwähnte wie ich arbeite müsse als selbständiger Chemiker ohne ein externes Labor. Viele von mir gibt es nicht die unter solchen Umständen arbeiten. Ich denke es war eine Kleinigkeit herauszufinden wer ich bin und wo ich wohne. So nun weisst Du alles. Du kannst dir kaum vorstellen wie mir das Herz in die Hose rutschte als ich sah wie sie ihm, ausgerechnet ihm, in den Rollstuhl half vor der Auktionshalle. Ich wusste sofort, dass das alles nur kein Zufall ist. Dann lernt unser Girl auch noch einen Mann kennen und nun sass ich komplett in der Patsche. ICH MÖCHTE DOCH WIEDER GROSS WERDEN, BITTE VERSTEH MICH."
In seinem letzten Satz lag soviel Schmerz und Traurigkeit, dass meine Wut wie weggeblasen war. Warum hatte er das uns nicht erzählt? Mein Noch-Ehemann die Memme. Ja, er wünschte sich wieder sei-

ne normale Grösse zurück! Versteht man doch. Etwas früher hätte er uns trotzdem alles beichten müssen. Aber was nun, wie sollen wir uns verhalten diesem netten älteren Pärchen gegenüber. Wusste der Verehrer etwas? Wenn wir nur zu dieser Zeit noch mehr gewusst hätten. Was für völlig überflüssige Gedanken wir uns doch machten. So etwas sollte bestraft werden.

Einige Kaffees später waren die anderen auf demselben Wissensstand wie ich. Ihnen erging es um keinen Deut besser. Enttäuschung, etwas Wut, Ungläubigkeit und am Ende dem kleinen Mann alles verzeihen. Das alles innerhalb 20 Minuten eine Glanzleistung von Gefühlen und Leben pur. Habe ich schon mal erwähnt wie sehr ich solche Momente liebe. Man lebt, spürt seine Gedanken förmlich körperlich und dann kriegt man Verstopfung. Bei manchen löst es Durchfall aus aber das ist eher selten so viel ich weiss. Jedenfalls, für uns alle war es keine Frage, dass wir uns zurück auf den Weg ins Landhaus machen mussten. Ob wir gut genug zum weiter spionieren sind, das wollten wir gar nicht erst heraus finden da wir sehr stark daran zweifeln. Wir alle sind besser wenn wir offen agieren können. Dieses Mal fuhren wir direkt bis vors Haus. Ein dunkelbeiges Auto mit einer Arzt Vignette stand bereits davor. Was nicht weiter verwunderlich ist da hier zum einen zwei ältere Menschen wohnen und zum anderen einer davon im Rollstuhl ist. Wir wurden etwas auf die Geduldsprobe gestellt bis man uns die Türe öffnete. Die Landlady, very personal* öffnete uns die Türe. Wirklich erstaunt wirkte sie nicht, könnte man so sagen. Unhöflich auch nicht ganz im Gegenteil. Komischerweise schien sie als sei sie erleichtert. Warum auch nicht an ihrer Stelle. Aus einem der Räume hörte man Lachen und eines davon kannten wir. „Kommt rein es gibt Tee." meinte und lief voraus in den Salon. In der Regel komme ich sehr gerne sofort auf mein Anliegen zu sprechen aber hier galt es die Etikette einzuhalten. Nochmals eine Geduldsprobe, warten bis alle ihren Tee inklusive Scones mit Clotted Cream† hatten. Wie edel und so britisch.

Genug fand ich. Doch noch bevor ich unsere Gastgeberin mit Fragen bombardieren konnte, öffnete sich eine Seitentüre, Herr Landlord im Rollstuhl gefolgt von einem chic gekleideten Herren „betraten" den Salon. Überschwänglich begrüsste er uns gleichzeitig bat er um Verzeihung. Er habe die wöchentliche Arzt-Visite über sich ergehen lassen

---

* Englisch für höchstpersönlich (hier in diesem Fall)

† helle Brötchen mit speziellem Rahm, England

müssen. Dies übrigens sei sein Hausarzt und ebenfalls ein brillanter Chemiker, was war denn das? Noch einer von der Sorte! Wieso erwähnt er das? In meiner Brusttasche wurde es merklich unruhig. Ich spürte wie der kleine Mann rum turnte um vermutlich alles besser zu sehen. Das machte mich noch nervöser als ich bereits war. Denkt ja nicht, ich stecke alles so cool weg aber ich wollte mir möglichst keine Blösse geben. Alleine der Name des brillanten Chemikers schien dem kleinen Mann Ehrfurcht einzuflössen ansonsten er sich ruhiger verhalten hätte. Na toll, noch eine Person die in diesem Spiel auftaucht.

Es platze förmlich aus mir heraus „Wir sind total hin und her gerissen und enttäuscht da aus unserer Sicht das Zusammentreffen vor der Treppe der Auktionshalle alles andere als ein Zufall war oder? Eigentlich möchten wir Ihnen x-Fragen stellen doch das bringt uns sicher nur bedingt weiter so vermuten wir jedenfalls. Daher bitten wir Sie ganz einfach um eine Erklärung was hier wirklich los ist. Etwas sehr Wichtiges bevor Sie mit ihren Erklärungen beginnen. Scheinbar trafen sich, abgesehen vom Ganzen hier, zwei die sich eventuell mögen und auch hier wollen wir wissen ist das nur gespielt, gehört es zum Plan oder was geht hier eigentlich ab?" Leider

war ich etwas lauter als geplant. Luft holen dringend nötig!

Man sah unserem verliebten Girl an, dass eine Art
Anspannung ihren Körper ergriff. Ihre Augen
strahlten wie Sterne im Nachthimmel und sagten
uns, ja, ich bin verliebt.

Unser Landlord fuhr näher in die Runde und begann
zu sprechen:

„Eigentlich bin ich sehr spät auf die Chemie gestos-
sen." Ja, toll jetzt kommt noch sein Lebenslauf.
Heute nennt man das offiziell Curriculum Vitae.
Blödes Wort sorry. Ach ja, bevor ich Ärger kriege.
Meine Bemerkungen sind subjektiv natürlich und
entbehren jeglicher Grundlage.

Doch hören wir weiter zu: „Der Rollstuhl zwang
mich mein Leben zu überdenken und neue Wege zu
finden es weiter zu leben ohne sich total überflüssig
zu fühlen. Geld ist Gott sei Dank kein Thema und
nun kam noch Zeit dazu die es galt zu füllen. Forschung ist das Schlüsselwort. Nach dem Autounfall,
dem ich dieses Vehikel verdanke, er verwies auf den
Rollstuhl, stand schnell fest was ich an Muskeln
und Glieder noch brauchen konnte. Glücklicherweise ist mein Oberkörper relativ verschont geblieben
und so begann ich zu lesen besser ausgedrückt zu
studieren. Zuerst musste ich herausfinden welches
Gebiet. Forschung ist endlos in seinen Möglichkei-

ten. Doch ich merkte schnell wie die menschliche Zelle, die DNA und all dies mich wie ein Magnet anzog. Mein Hausarzt hier, war begeistert und unterstützte mich wo es ihm zeitlich nur möglich war. Kommt ich möchte Euch mein Labor zeigen."

Schon rollte er davon in Begleitung seiner Frau und Hausarzt. Meine Jacke begann immer mehr ein Eigenleben zu führen. Der Kleine turnte und krabbelte wie wild in dieser herum und ich hatte meine grösste Mühe ruhig zu bleiben. Unser Girl liess ihre neue Liebe, Liebe sein und gesellte sich zu uns. Das Schlusslicht machte ihr neuer Verehrer. Sie lächelte nein, sie glühte förmlich. Ich hoffte, dass dies ein gutes Zeichen ist. Ich kann das Misstrauen einfach nicht zur Seite schieben und so tun als existiert es nicht. Doch ich muss mich unauffällig verhalten. Den kleinen Mann nicht auffliegen lassen. Der zappelte und wuschelte in der Tasche herum. Ich hatte meine liebe Mühe mit ihm. Oh, wie ich ihn verstand doch noch war es nicht an der Zeit unsere Karten, unseren kleinen Mann, auf den Tisch zu legen. Wir wussten reichlich wenig über diese Menschen. Geld bedeutet nicht gleich, dass sie vertrauenswürdig sind. Oh nein, das kann das pure Gegenteil bedeuten. Menschen mit viel Geld können sehr, sehr gefährlich sein. Ein extrem strenger Blick genügte und der kleine Mann versuchte sich stiller zu verhalten.

Ihr wisst ja, dumm ist er nicht aber auch nur ein Mensch (-chen).

Das Labor war unglaublich. Es fehlte vermutlich an nichts. Mein kleiner Mann würde ausflippen könnte er darin arbeiten. Hell, luftig, rollstuhlgerecht und technische Geräte alle vom Neusten. Die Landlady sichtlich stolz bot uns an am grossen Besprechungstisch Platz zu nehmen. Ich versuchte einen Stuhl etwas abseits zu erwischen damit meine unruhige Brusttasche nicht auffiel.

„Ja, es ist wirklich kein Zufall" übernahm die Landlady stolz das Wort.

„Nachdem Besuch des Symposiums damals war mein Mann nur noch Feuer und Flamme für seine neue Bekanntschaft (damit meinte sie meinen damals noch etwas grösseren Ehemann). Er fühlte, dass ihr Gatte an etwas wirklich Grossem arbeitet. Seine beschränken Möglichkeiten, das kleine Labor in der Wohnung, scheint aber ein grosses Problem darzustellen. Wären wir aber plötzlich bei Euch erschienen, hättet ihr mit uns gesprochen? Also, ich hätte dies nicht getan. Aber dann fiel uns auf, dass ihr Gatte (mein kleiner Mann) nicht mehr da war. Wie vom Erdboden verschwunden. Plötzlich wohnten da vier Frauen aber von ihm keine Spur. Das liess uns nicht mehr los und die Neugier siegte über die Vernunft."

Erschöpft schaute sie ihren Mann an und wir schauten blöd aus der Wäsche was ich absolut ungern tue. Dieser lächelte ihr zu und er übernahm das Wort.

„Wir hatten Euch sehr diskret ausspioniert oder? Gerne tuen wir so etwas nicht aber versetzt Euch mal in unsere Lage. Ein Mensch verschwindet. Niemand geht zur Polizei. Im Gegenteil, es werden Unmengen von Esswaren, Getränke und Schlafsäcke in eine Wohnung geschleppt. Keine Spur von Trauer. Dann meldet ihr Euch alle krank an der Arbeit. Soll ich weiter aufzählen? Hätte dies als Aussenstehende Euch nicht auch stutzig werden lassen?" Ich hingegen dachte so vor mich hin: mich lässt was anderes stutzig werden. Nämlich was die alles wissen!

Und plötzlich dämmerte es mir. Was hatten wir getan. Alle denken an Mord, du lieber Himmel.

„Was wisst ihr noch. Ich meine abgesehen vom Auffüllen unserer Lebensmitteln, Gebrauchsgegenständen rumschleppen und so weiter."

„Meiner Frau fiel auf, dass viele kleine Gegenstände wie für ein Puppenhaus gesucht, gekauft und scheinbar auch gebastelt wurden. Möchte Euch um Verzeihung bitten, aber wir untersuchten auch euren Müll. Ist im Fall sehr aufschlussreich. Dieser aber wiederum warf ein neues, übergrosses Fragezeichen auf. Was sollten wir nun mit unseren Erkenntnissen anfangen. Vor der Visite meines Arztes rief ich ihn an und bat ihn, etwas mehr Zeit einzukalkulieren da ich gerne etwas bereden würde. Er ist nicht nur ein brillanter Arzt, nein auch ein sehr guter Chemiker, habe ich das nicht bereits erwähnt. Wir weihten ihn ein und er wurde ebenso von Euch angesteckt wie wir es sind. Ihr hält uns ganz schön auf Trab. Die Frage aber wo ihr Mann ist, bleibt immer noch unbeantwortet. Langsam platzen wir vor Neugier. Was ist passiert?"

„Gut", gab ich ihnen zu verstehen: „Es läuft jetzt so. Zuerst müssen wir etwas anderes klären. Unerwartet scheint sich hier eine neue Liebesbeziehung anzubahnen und sollte sich herausstellen, dass der neue Verehrer unserem Mädel alles nur vorgespielt hat, wäre es einiges einfacher, er würde das Ganze sofort beenden um ihr nicht extrem weh zu tun. Ich mische mich nicht gerne in Beziehungen ein aber hier zuzuschauen wäre zu grausam. Wir vier Mädels werden nun nach draussen auf einen Spaziergang gehen. So haben alle Beteiligte genügend Zeit sich über ihre Rolle in dem Ganzen klar zu werden. Ich hoffe, dass ihr damit einverstanden seit oder?"

Hauptsächlich wollten wir die Wahrheit über den Mann erfahren der ein Auge auf unser Girl geworfen hatte oder eben nicht. Noch in dem Moment als mir dieser Satz durch mein Hirn rieselte, wusste ich was zu tun war. Für was hat man einen kleinen Mann zur Hand. Er wünschte sich ja, etwas beisteuern zu können und das hier war die beste Gelegenheit.

Sehnsüchtig schaute uns die Landlady an. Man sah wie gerne sie uns nach draussen begleitet hätte aber das musste warten. Unauffällig wie nur möglich, langte ich in meine Jackentasche packte den kleinen Mann um ihn dann so tief unten als möglich seitlich bei der Garderobe abzusetzen währendes bettete ich, es möge niemandem aufgefallen sein. Der kleine Mann verstand was ich von ihm wollte. Dann stolperten wir nach draussen. Herrlich die kühle Luft auf meinem erhitzten Gesicht zu spüren. Mein Blut blubberte, ich kochte vor Nervosität. Hoffentlich baut der Kleine keinen Mist. Wir hofften, dass er sich zu nichts anderem hinreissen liess als zu lauschen. Den Mädels war meine Aktion nicht unbemerkt geblieben. Ihr Schmunzeln sprach Bände.

Der kleine Wicht wäre im Stande uns noch auffliegen zu lassen.

Eigentlich gab es für uns nichts zu bereden da wir sowieso nicht wussten wie es weitergehen soll. Man sah uns die Ratlosigkeit deutlich an. Richtig betrachtet sassen wir in der Klemme. Wussten wir doch nicht was die vorhaben. Wieso beschattet man Menschen so professionell wenn man es im Grunde

genommen doch nur gut meint. Etwas rumschnüffeln ok aber die hatten uns quasi bis auf die Unterhosen ausgekundschaftet und erzählen uns nun,
dass sie keine Ahnung hätten wo sich mein Mann
aufhält. Ja, wir hatten immer versucht uns möglichst abzuschotten, ihn geheim zu halten aber unsere Sorge galt hauptsächlich den Nachbarn. Mit Pro-
fis hatten wir keine Sekunde gerechnet. Die mussten den kleinen Mann gesehen haben und machen
jetzt auf unschuldig. Die Worte die die Landlady
uns mit auf den Spaziergang gab, klangen doch so
toll ehrlich:
„So das war die Wahrheit, nichts als die reine
Wahrheit." meinte sie und weiter: „nun wünsche ich
Euch einen schönen, klärenden Spaziergang. Ich
werde mich in der Zwischenzeit um das Essen
kümmern. Oh, ich vergass glaube ich zu erwähnen,
dass ich sehr gut kochen kann!"
Wer würde nicht einer eleganten, belesenen älteren
Lady und ihrem holden Gatten glauben. Die so
glücklich schienen endlich mal wieder junges Blut
im Hause zu haben und nicht zu vergessen, unseren
kleinen Mann. Wen hatten sie sonst noch eingeweiht, die zwei. Auf all den Mist Antworten zu finden war in diesem Moment unmöglich. Was tun,
rein ins Ganze, kommt springen wir ins kalte Wasser und sehen was dabei rauskommt. Doch wenn

sich einmal Misstrauen in mir festgesetzt hat, ist es verdammt schwer mich vom Gegenteil zu überzeugen. Es ist nie so wie es aussieht resp. sich anfühlt. Trotzdem wir mussten ins Haus zurück. Vor allem weil der Kleine da drinnen ist. Losgeworden wären wir the old Lady and her husband eh nicht.

Wir liessen uns Zeit für die Rückkehr in der Hoffnung, dass unser Minispion einiges mitgekriegt hatte.

Kaum wieder im warmen Salon, platze die Frage förmlich aus mir raus: „Wer ist der schicke Jüngling der sich unser Mädel ausgesucht hat?" Kurze Stille, die Landlady hatte bereits ihren Mund geöffnet um zu antworten als dieser es sich nicht nehmen liess, sich selbst vorzustellen und den Zusammenhang zu erklären. Der kleine Mann musste sich sehr gut versteckt haben, konnte ihn nirgends entdecken.

„Meine Name ist ….. und ich bin ein sehr guter Freund des Sohnes von Landlady und Landlord. Ihr Sohn befindet sich im Ausland mitsamt seiner Familie. Die gesamte Schulzeit über waren wir Freunde und blieben es bis heute. Meine Kindheit verbrachte ich quasi hier. Während der Schulzeit durfte ich hier wohnen. Dies hier ist mein zweites Zuhause, meine andere Familie wie man so schön sagt. Als ihr Sohn seine Frau, eine Chinesin kennenlernte, wussten wir alle sofort, das ist ein Paar die gehören zusammen. Sie aber wollte zurück nach China und so verliess er uns um dort zu leben. Ab und an setzt sich einer von uns ins Flugzeug sie zu besuchen in China oder sie kommen hierher. Aber heute bin ich ausschliesslich hier wegen einer Frau. Sein Blick fiel auf unser Girl. Normalerweise müsste ich jetzt arbeiten. Ich bin kein Chemiker sondern Anwalt. Um was es hier geht, offen gesagt keine Ahnung. Eventuell eine Vermutung aber mehr nicht." Er küsste unser Mädel auf die Stirn und somit war klar, Vorstellung beendet. Unser Girl, sie wurde doch tatsächlich rot. So süss. Das Verliebtsein ist einfach unglaublich. Der Magen spukt, die Blase drängt (manchmal nicht nur die) und ohne zu wissen warum genau ist man höllisch nervös. Sich kindisch aufzuführen ist dann einer der Höhepunkte und eher beschämend für einem. Vor allem im Nachhinein. Ich erhob mich und schubste unser verliebtes weibliches Menschlein nach draussen in den Gang bis zur Garderobe. Kichernd und drängelnd benahmen wir uns wie Teenagers. Dafür gab es einen Grund, der kleine Mann steckte immer noch oder wieder da irgendwo in den Tiefen der herrlichen Wollmäntel und Kaschmirschals. An die Garderobe gelehnt merkte ich wie er sich einen Schal angelte und ein-zwei Klimmzüge später, he Kompliment das hätte ich nicht gedacht - fit wie ein

Turnschuh, konnte ich ihn schnappen und rein ins sichere Jackenversteck stecken. Eine Sorge weniger im Moment.

Jetzt müssen wir unbedingt besprechen, klären was wir tun wollen. Es galt alles gut abzuwägen. Wie naiv man doch sein kann. Beim Spaziergang war uns das nicht gelungen. Da wollten wir einfach nur unsere Köpfe frei kriegen. Wir hofften so, dass die im Haus wirklich die Wahrheit gesagt hatten. Ich war so was von durcheinander und damit in bester Gesellschaft. Verzweiflung und Hoffnung spielten mit unseren Gefühlen Fussball. Ja, auch so spürt man, dass man lebt. Howdie, howdie toll!

Würden wir ihnen den kleinen Mann einfach zeigen, gingen wir ein wahnsinniges Risiko ein. Um den heissen Brei reden, brachte das wirklich etwas? Die Formel existiert abgespeichert auf einem USB-Stick etwas gefährlich könnte uns jederzeit gestohlen werden. Dann, ein wirklich schwerwiegender Pluspunkt, ein perfekt eingerichtetes Labor stand hier zur Verfügung. Der kleine Mann der endlich, endlich wieder gross sein wollte. Aber wo ist die Geldquelle im Ganzen zu finden.

Habe mal einen Spielfilm gesehen in dem man ein Raumschiff samt den Menschen darin so klein machte, dass sie in eine Spritze passten. Kurzfassung: man spritze sie in einen krebskranken Körper um diesen zu reparieren. Immer wenn ich nicht weiter weiss, nervös und unzufrieden bin, fällt mir so Zeugs ein. Hat mit dem hier überhaupt nichts zu tun.

Der alte Mann sitzt im Rollstuhl und hoffentlich hegt er keine bösen Gedanken gegenüber der Menschheit. Man weiss nie. Die Menschen sind verrückt, jeder auf seine Art. Wenn wir ihnen den kleinen Mann zeigen, müssen wir zuerst erklären, dass es uns auch um das liebe Geld geht. Ganz profan, oh keiner soll nur so scheinheilig sein und uns verdammen. Auch wir haben Träume und Wünsche. Das ist doch menschlich. Auf den kleinen Mann acht geben, klar würden wir das immer. Das stand ausser Frage. Was zur Hölle aber sollen wir nun bloss tun. Natürlich wie immer, das Einfachste. Aber was ist das. Wir mussten so offen wie nur möglich mit ihnen reden. Angriff ist die beste Verteidigung. Jedesmal wenn ich ein Problem, egal welcher Art lösen muss, frage ich mich immer tausend Dinge. Dann versuche ich ein Hintertürchen zu finden was mir nie gelingt und schlussendlich presche ich einfach vor. Also, wieso sollte es diesmal anders sein. Das gab ich auch den Girls zu verstehen was zumindest ein kurzes Lächeln in ihre Gesichter zauberte.

Aber wieso verhielt sich der Kleine in meiner Jackentasche eigentlich so ungewohnt ruhig? Was hatte er mitgekriegt. Wollte er mal wieder nicht damit herausrücken? Schritt 1, DU bist an der Reihe kleiner Mann. Also, gab ich vor ich müsse auf die Toilette, ab die Treppe hoch und ins Gästebad. Zwei-drei Minuten abwarten es könnte mir jemand gefolgt sein und erst dann durfte die Katze aus dem Sack. Endlich, der Kleine genoss das Stückchen Freiheit und die frische Luft. Zeit für eine Zigarette*. Tja, frische Luft und Zigarettchen gebe zu sehr widersprüchlich aber ich habe einen Hintergedanke will ihn milde stimmen natürlich.

„Sag mal Mister Gross-Spion, was lief während unserer Abwesenheit und speis mich nicht ab mit irgendwelchen Floskel oder Nebensächlichkeiten. Die haben doch geredet und was haben sie geredet!?" Ich schrie den kleinen Armen schon fast um. Sehr kontraproduktiv.

„Was meinst du eigentlich was die in eurer Abwesenheit schon gross gequatscht haben. Die sind clever, glaub mir. Nur Belangloses." Wo er recht hatte, hatte er recht. Also, ab mit ihm in die Jackentasche trotz seinen Protesten und wieder runter ins Gedränge.

---

* Rauchen schadet der Gesundheit

Draussen auf der Treppe hörte ich wie die Girls sich leise unterhielten.

„Hast du Anzeichen gesehen für irgendwelche Geldsorgen bei unseren neuen Bekannten? Hat dein neuer Verehrer nichts erwähnt. Denk mal nach. Das könnte wichtig sein für uns."

„Nein, habe ich nicht. Ich nehme eher an, dass ihre Geschäfte stetig und gut laufen. Ihr habt euch ja sicher auch schlau gemacht und scheinbar auch nichts Negatives herausgefunden."

Da sagte sie etwas Korrektes. Wir hatten versucht gründlich zu recherchieren und fanden nichts was in Richtung Geldnöten oder gar Konkurs ging. Uns stand ein schwerer Schritt bevor. Nachdem alle zugestimmt hatten, kehrten wir in den Salon zurück um in den sauren Apfel zu beissen. Der kleine Mann musste sich noch gedulden und weiter in seinem Käfig verharren.

Es gibt nur ein Wort die die Stimmung bei unserer Rückkehr in den Salon ausdrückt und das ist: ungemütlich. Wirklich niemand fühlte sich wohl in seiner Haut. Das kann ich nicht ausstehen geschweige denn aushalten. Ok, Vorpreschen war angesagt:

„Zuerst das Wichtigste, mein Mann lebt. Ich resp. wir haben ihm kein Haar gekrümmt. Was aber ist, sein Aussehen hat sich etwas sehr verändert und daher versteckt er sich."

„Das kann er aber extrem gut: sich verstecken." meinte unsere Landlady leicht sarkastisch. Wer kann es ihr verdenken.

„Bevor wir mehr klären gibt's da etwas über das wir reden müssen. Ich wäre wahnsinnig froh, wenn ich nicht unterbrochen würde. Das Ganze ist uns allen schon genug unangenehm. Es geht natürlich um Geld. Wir sind da auf etwas gestossen, dass wirklich sehr, sehr viel Geld einbringt. Für Euch vermutlich nicht so wichtig aber für uns Fünf absolut massgebend. Wir haben alle keines und nun das, eine Gelegenheit wirklich viel Kohle zu machen. Sorry, für den Ausdruck aber es ist einfach die Wahrheit. Wir denken, dass wir zuerst das Finanzielle klären sollten bevor wir Euch gänzlich einweihen. Nun, was haltet ihr davon?"

Die kommenden drei bis vier Minuten dauerten eine gefühlte Ewigkeit. Stille, man hätte die berühmte Stecknadel fallen hören können. Innerlich schrie ich, sagt mal was. Was wollt ihr?

„Ja wir verstehen Eure Lage. Dass wir reich sind bedeutet nicht, dass wir kalte Menschen ohne Mitgefühl sind. Wir haben nur ein Problem. Da wir nicht wissen was mit ihrem Mann ist oder was er herausgefunden hat, wissen wir den Wert der Sache nicht. Auch wie ihr vorgehen möchtet. Total verkaufen ohne Mitspracherecht oder Teile verkaufen und mitreden dürfen. Ich sehe eher das Zweite. Als richtiger Forscher möchte man sein Baby nicht völlig aus den Händen geben oder. Sehe ich dies korrekt?" In meiner Jackentasche stiess mich einer bejahend in die Brust. Am liebsten hätte ich aua gerufen aber ich musste es mir verklemmen.

„So wie ich meinen Mann kenne, möchte er ein Mitspracherecht. Forschung ist sein Leben und auf was er da gestossen ist, eine absolute Sensation. Trotzdem bedarf es weiterer Forschungen, soviel verstehe sogar ich."

„Gut, dann müssen ganz einfach Verträge her. Wann werden wir das Wunder anschauen können oder was auch immer?" fragte unser Landlord lachend.

Ja, genau das war der Knackpunkt wann gibt man alles preis. Mein Kopf schmerzte und wieder einmal bat ich um Verzeihung da ich die Toilette benutzen müsse. Die Landlady zählte mir drei andere Gästetoiletten auf alle hier unten. Ich solle mir eine aussuchen. Drei, was soll den das, für was? Trotzdem zog es mich wieder in den ersten Stock. In das mit dem schönen, grossen Fenster im Vorraum. Ja, da gibt es einen Vorraum. Edel geht die Welt zu Grunde. Frische Luft strömte herein und ich hob den kleinen Mann aufs Fenstersims. Es erging ihm um keinen Deut besser als mir. Flüsternd bat ich ihn, sich nicht zu bewegen während ich das Klo benutze. Ich musste nämlich tatsächlich. Er schüttelte sein Köpfchen, er bleibe wo er sei. Nachdem ich mein Geschäft erledigt hatte, Hände gewaschen, schoss mir ein Gedanke durch mein süsses Köpflein. Unser kleine Mann muss doch Hunger und Durst haben. Ja, das hatte er. Wasser gab's genug. Es musste doch noch ein Stück von einem Scone in einer Jackentasche sein. Ich brachte es nicht mehr runter und wusste im Salon nicht wohin damit da bereits alles weggeräumt war und der Kamin brannte nicht. Gierig verschlang er den Brocken, trank noch etwas. „Weisst du was wir tun sollen?" fragte ich ihn. „Möchtest du dich den Herrschaften präsentieren? Ab dann ist die Katze aus dem Sack. Sie werden dich wie das 11. Weltwunder anstarren, bestaunen, ok? Na dann, dein Wunsch ist mir Befehl. Also, runter ins Getümmel. Stellen wir uns der Sache." Ab zurück ins Jackenversteck. So wie es aussah vertraute er uns Girls. Wir alle werden die Sache schon hinkriegen. Kein Laut kam mehr von ihm. Praktisch, Hauptfigur hüllt sich in Schweigen. Im Nachhinein sagt er dann wieder, du hast das so gemacht, du hast da nicht nachgedacht oder was auch immer. Er schwieg. Besser so bevor sie ihn hören können.

Unten hatten sie bereits begonnen Vertrags-Papiere zusammen zu stellen. Wir alle wussten, dass man uns im Grunde genommen, was die rechtlichen Dinge anbelangt, auftischen konnte was man wollte. Wir verstanden von Recht und Verträgen nichts. Einen aber gab es der wusste wie damit umzugehen. Der Verehrer. War er wirklich echt verliebt. Stand er auf unserer Seite? Ja und ja, das war er zu unserem Glück. Okay, hören wir auf euch auf die Folter zu spannen respektive zu langweilen.

Wir hatten vereinbart, dass wir die Verträge in dem Moment unterschreiben, wo wir ihnen als Beweis das Kleine-Wunder zeigen. Das vorangegangene Hick Hack erspar ich Euch. Es dauerte beinahe zwei Stunden. Aber unsere Gastgeber fanden scheinbar, dass was sie da zu sehen kriegen werden, es wert sei. Sie würden jetzt sofort unterschreiben und dann wir. Es war so weit, sollte endlich etwas Freiheit auf den kleinen Mann zukommen. Ich bat unsere Gastgeber sich zu setzen und wenn möglich ruhig zu bleiben. Die Spannung im Salon war unerträglich. Extra bedächtig und langsam griff ich in die Jackentasche. Solche Momente gilt es zu geniessen oder? Der Kleine zitterte wie Espenlaub. Ich hielt mich krampfhaft an einer Stuhllehne fest. Behutsam setzte ich ihn auf die Tischdecke und wartete auf die Reaktionen. Dann ein lauter Bums, gefolgt von einem noch lauteren: Jesus Maria ist der süss und einem gestotterten u.n.g.l.a.u.b.l.i.c.h. Der Bums-Verursacher war der Verehrer, der Herr Anwalt. Besser gesagt der Aufprall der seine Ohnmacht verursachte. Das Jesus Maria brachte die Landlady hervor und das Gestotter kam vom Landlord. Unser Girl setzte sich zu ihrem Lover auf den Boden um ihn in den Arm zu nehmen. Schelmisch lächelnd tastete sie behutsam seinen Kopf ab. Bittend schaute sie in die Runde, da nur noch ein Eisbeutel das Schlimmste verhindern konnte. Darin kannten wir uns aus und so schien es als wäre der Beutel wie von Zauberhand zu ihr gelangt. Liebevoll klatschte sie das eiskalte Ding auf die Stelle auf der sich in den kommenden Tagen eine fette Beule bilden wird.

Ich hingegen hatte die grösste Mühe den kleinen Mann vor Lady und Lord zu schützen.

„Langsam, bitte sachte. Er ist absolut echt. Etwas klein aber absolut echt. „Bitte bewahrt Ruhe!" kam es wieder einmal um einiges lauter aus mir raus als mir lieb war aber seine Wirkung nicht verfehlte. Prompt stoppten die zwei ihren Enthusiasmus. Sie beäugten ihn von allen Seiten, na so fühlen sich sicher die Tiere im Zoo.

Unfassbar, ungläubig, sie waren total von der Rolle. Ja, uns wars ja nicht besser ergangen. Langsam konnten sie das Ganze verstehen. Man sah wie es in

ihnen arbeitete. Komischerweise fühlte ich mich erlöst als sei eine riesige Last von mir gefallen. Geteiltes Leid ist halbes Leid. Bis dato habe ich diesen
Spruch nie so richtig begriffen, aber jetzt weiss ich
genau was es damit auf sich hat und wie es sich anfühlt.

Langsam beruhigten sich die Gemüter. Unser kleiner Mann sass immer noch wie auf dem Präsentier-
teller und fühlte sich sichtlich unwohl.

„Wie kann ich ihn hören? Wie können wir mit ihm
reden?" fragte der Landlord völlig aufgeregt. Wir
montierten ihm den Speaker und die zwei begannen
zu fachsimpeln.

Der von seiner Ohnmacht leicht lädierte Verehrer
setzte sich aufrecht auf den Boden neben dem Tisch
beim kleinen Mann und dem Landlord. Ab dann
waren wir Mädels inkl. Landlady nur noch Luft für
die zwei grossen und den kleinen Mann.

Den Hausarzt hatten wir über all dem Towuhabu
komplett vergessen. Aber können wir nun nie mehr.
Der sass ebenfalls auf dem Boden, wie er dahin gekommen war können wir nur erahnen und stierte
ungläubig mit weit aufgerissenen Augen in Richtung kleinen Mann währendes er nach Luft
schnappte. Schon beinahe beängstigend und doch
wie in einem Komik. Er sah aus, er ein stattlicher
Mann, als ob er nicht wusste ob er sich auf dem

richtigen Planeten befindet oder ob Aliens die Erde unter ihr Kommando gebracht hatten. Wir mussten etwas unternehmen bevor es ausuferte. Schliesslich hat auch er nur ein Herz und dies galt es zu erhalten. So setzte ich mich kurzum zu ihm auf den Boden und nahm seine Hand. Sie war eiskalt. Was ist denn da los, meinen Fingern drohte Erfrierung. Er sah mir ins Gesicht, dann sah er wieder zum kleinen Mann und so vergingen sicher zwei-drei Minuten. Schockzustände sind gefährlich. Man weiss nie wie derjenige reagiert. Aber nix geschah. Tja, man tut was Frau tun muss und so gab ich ihm eine Ohrfeige. Na, der kann ja schön blöd aus der Wäsche gucken. So wie es aussah erstaunte ihn die Ohrfeige mehr als die Tatsache, dass er platt auf dem Boden sass. Später wars dann umgekehrt.

„Nein, das nicht, nein so nicht oder?" wenigstens kam ein Ton aus Indianer Bleichgesicht.

„Alles ist leicht zu erklären. Nichts wirklich Kompliziertes aber zuerst müssen Sie sich beruhigen und wieder auf den Boden der Tatsachen zurückkommen." gab ich ihm zu verstehen.

„Wir erzählen Euch was geschehen ist. Wieso mein Mann diese doch sehr ungewohnte Grösse inne hat." Sein bejahendes Kopfnicken gab uns zu verstehen, ja habe begriffen und reisse mich jetzt am Riemen.

Wirklich besänftigt hatte es mich nicht. Die meisten Menschen erleiden den Herzinfarkt in seinem Alter und ich konnte mir sehr gut vorstellen, dass diese Situation sehr speziell für ihn ist. Insbesondere für ihn als Menschenarzt musste die Körpergrösse des kleinen Mannes als sehr unwahrscheinlich, unmöglich erscheinen.

Die anderen Herren diskutierten währenddessen heftig über Gott und die Welt. Langsam fand ich es sei an der Zeit, dass auch unser Herr Hausarzt wieder die Kurve kriegte. Man bekommt richtig gehend Angst wenn es jemandem so ergeht. Er ist doch auch Chemiker oder?

„My Lady habt ihr eventuell ein Puppenhaus mit Möbeln? Ich möchte es meinem Mann bequemer einrichten." Ich versuchte dem Ganzen etwas Normalität zu geben. Falls man im Moment von so etwas reden kann.

Sie strahlte nur so und bat uns sie in eines der oberen Stockwerke zu begleiten. Ihr Puppenhaus im viktorianischen Stil war der Hammer. Es war zauberhaft und sau schwer. So packten wir im Moment nur die wichtigsten Möbelchen ein und stellten sie auf einen sicheren Untergrund unten im Salon. Der kleine Mann stiess einen Pfiff aus und begann Stühle und Sofas auszuprobieren als sei er im Möbelladen. Eine erlösende Situation für alle. Zuerst leise und dann wurden wir immer lauter und lauter bis alle schallend lachend in ihren Stühlen sassen oder wo sie auch immer lagen. Es war erfrischend und liess sogar den Verehrer seine Beule vergessen. Der hatte sich eine schöne gesunde runde Bommel eingefangen beim seinem Fall auf den Boden. Ein frischer Eisbeutel und noch etwas Aspirin halfen. Die Küsse hoben sie sich für später auf so wie es aussah. Das Ganze zog sich sicher weitere zwei Stunden hin bis die Lady fand es sei Zeit unsere leeren Bäuche etwas zu füllen und endlich alle an den vergangenen Geschehnissen teilzuhaben zu lassen. Sie wollten alles wissen, alles was passiert war. Ja, wir hatten Hunger und noch mehr Normalität schadete auch nicht. Dankbar zogen wir ins Esszimmer rüber. Der kleine Mann wurde in der Mitte des grossen Esstisches platziert und von der Landlady so was von verwöhnt. An Puppengeschirr mangelte es ebenfalls nicht. Echte Weingläser, Silber-Besteck eine wahre Freude. Das Essen war lecker, der Dessert gigantisch und der übervolle Bauch eine Qual. Über all das hatten wir nicht einmal gemerkt, dass jeder von uns nicht mehr an die Verträge dachte, den Ernst der Situation nicht mehr wahrnahm. Komplett links liegen gelassen hatten wir's. Unsere Gastgeber genossen das volle Haus im gleichen

Masse wie wir ihre Gesellschaft und das wundervolle Essen.

„Wir hätten da einen Vorschlag für Euch Mädels und den kleinen Mann. Was das Übernachten anbelangt, gilt die Einladung natürlich auch unserem Hausarzt. Das Haus hat mehrere leere Zimmer. Ihr aber quetscht Euch in die kleine Wohnung. Schlafsack an Schlafsack und dazu noch ein sehr kleines Bad. Es würde uns sehr freuen, wenn ihr vorerst bei uns wohnen würdet und wir alle gemeinsam versuchen euer Ziel zu erreichen. Wir besitzen genug Geld und ihr sollt eures erhalten. Man muss nicht den kleinen Mann direkt verkaufen um ans grosse Geld zu kommen. Die Formel bringt's. Dazu ein Gegenmittel und ihr würdet nur so im Geld schwimmen. Was meint ihr. Für uns bedeutet es, weniger Einsamkeit. So könnten wir uns gegenseitig helfen. Jedenfalls im Moment oder?"

Der Herr Hausarzt nahm die Einladung dankbar an einige Tage im Landhaus zu verbringen. Unser verliebtes Mädel und ihr Verehrer hatten sich ja bereits eingenistet. Wir, wirklich lange überlegen, Fehlanzeige. Abhauen konnten wir jederzeit. So fuhren wir ohne den kleinen Mann zurück in die Stadt-Wohnung die uns nun so extrem klein und mickrig vorkam, packten und fuhren zurück aufs Land wo wir von zwei glücklichen älteren Menschen, inklusive

162

Hausarzt, herzlich empfangen wurden. Wie naiv wir doch waren. Ob dies für uns spricht? Vom Verehrer ganz zu schweigen der hatte wirklich nur noch für sein Girl Augen. Da hatten sich ja zwei getroffen. Irgendwann viel, viel später rieb ihnen der kleine Mann dies gehörig unter die Nase. Gab ihnen deutlich zu verstehen, dass sie sich nie getroffen hätten, wäre er nicht so tollkühn gewesen den Innhalt des Reagenzglases runterzuschlingen. Sie versuchten ihre Schuld zu tilgen indem sie ihm versprachen, Du wirst Patenonkel und darfst einen Namen aussuchen für unser erstes Baby. Stolz mit erhobener Brust prahlte er auch damit stets und immer wieder gerne herum. Auf die Namensgebung fürs Baby verzichtete er freiwillig. Wieso? Es fiel im kurzum kein guter ein.

Mein Gästezimmer beherbergte das Puppenhaus. Als der kleine Mann es in voller Pracht sah, fiel ER beinahe in Ohnmacht. Meine unguten Bauchgefühle besserten sich automatisch etwas aber die Angst lässt mich doch nie ganz alleine. Menschen zu vertrauen fällt mir wahnsinnig schwer. Nur die Zukunft kann mir beweisen ob ich richtig oder falsch liege. Wenn man sein Leben lang in gewöhnlicher Bettwäsche schlief, katapultiert einem so ein Bett, wie es mir/uns nun zur Verfügung steht, in den Himmel. Ägyptische Baumwolle, feinstes Leinen, Seide und

Daunen, ich konnte meine Finger nicht davon lassen. Immer wieder streichelte ich die Laken, drückte ein Kissen an die Wangen und roch daran. Ja, ich steckte meine Nase tief ins Kissen. Frisch gewaschene und sonnengetrocknete Bezüge duften so herrlich. Da bin ich doch nicht gleich ein Fetischist. Jedes Gästezimmer verfügt über ein eigenes Badezimmer. Es war Zeit für eine Badewanne. Die Wanne voll und ich schon beinahe mit einem Fuss im Wasser, hörte ich ein Klopfen an der Türe. Enttäuscht zog ich den kuscheligen Morgenmantel über und rief, die Tür ist offen. Aber mit ihm dem Hausarzt hatte ich nicht gerechnet.

„Können wir kurz reden?" immer noch leicht verstört, schaute er mich bittend an.

„Ja, natürlich kommen Sie rein. Einfach nicht vergessen, da im Haus der Puppen ist mein Noch-Ehemann." Eigentlich war es als Scherz gedacht aber es kam mir so vor als würde ihm das -mein Noch-Ehemann- gefallen.

„Darf ich in diesem Fall etwas vorschlagen? Wenn mich nicht alles täuscht lief vor ein paar Minuten das Badewasser und daher gehe ich davon aus, dass Sie in diese steigen möchten. Mein Zimmer liegt auf der anderen Seite des Ganges, dann rechts und zwei Türen weiter. Sie nehmen jetzt ihr Bad und holen mich dann ab und entweder gehen wir auf einen

Spaziergang nach draussen oder wir ziehen uns in die Bibliothek zurück. Wäre das etwas?" Ich liebe dich schrie es in mir. Am liebsten hätte ich ihn mitten auf die Stirn geschmatzt. „Mehr als perfekt. Ich mag kein kaltes Wasser und den Rest entscheide ich nach dem Bad. Sie abholen, mache ich aber auf alle Fälle." Ich plapperte, es darf nicht wahr sein, ich plapperte. Wie peinlich, ich war nervös. Was um Himmels Willen soll das!?

Schon machte er sich auf den Weg nach draussen.

„Was versprichst du dir davon?" keifte mein kleiner Mann. Das klang eifersüchtig oder täuschte ich mich da?

„Nichts verspreche ich mir. Zum einen weiss ich nicht was er will und zum anderen haben wir zur Zeit andere Sorgen oder!" das hingegen klang sauer und das kam von mir.

„Abgesehen davon mein Lieber. Wir sind getrennt. Das weisst du doch noch oder? Ich komme nicht zu Dir zurück wie das Ganze auch immer ausgehen wird. Bitte mach jetzt nichts kaputt. Weisst Du, ich kann mir sehr gut vorstellen, dass es für dich nicht einfach ist mich mit einem anderen Mann zu sehen. Aber seien wir doch mal ehrlich, du möchtest doch auch nicht mehr zu mir zurück oder? Sei bitte ehrlich. Ach, wie schön es doch ist, dass wir wieder miteinander normal umgehen können und das in so

kurzer Zeit. Bitte, bitte nicht kaputt machen. Es liegt mir genauso am Herzen wir Dir, dich wieder in Normalgrösse zu sehen. Werde dir keine Steine in den Weg legen oder dich im Stich lassen."
Erleichterung klang aus seiner Stimme:
„Bitte entschuldige und ja, du liegst total richtig. Es ist nur so ungewohnt mir dich mit einem anderen Mann vorzustellen. Du bist nicht irgend jemand für mich. Gib mir etwas Zeit."
„Das ist ein Deal, was auch immer auf uns zukommt, werde dich mit meinen kommenden Liebesaffären möglichst verschonen. Und jetzt steig ich in die Wanne bevor das Wasser wirklich kalt wird."
Vorsichtig strich ich über seinen kleinen Kopf dann zog ich mich ins Bad zurück. Bitte nicht stören, weder Mädels noch Landlady noch sonst irgendwer oder was.
Wieso wurde ich plötzlich so nervös. Was sollte das. Er der Hausarzt war nicht mal mein Typ oder? Also, gibts doch keinen Grund sich wie ein Teenager zu benehmen. Um mir und vor allem unserem Herrn Hausarzt zu beweisen, dass ich keine Absichten hege, zog ich die einfachsten Kleider über, Jeans und Sweatshirt. Der kleine Mann amüsierte sich mal wieder köstlich.

„So möchtest du zum Treffen gehen. Ich empfehle dir einen Jutesack mit Löcher für die Ärmel und den Kopf. Wem möchtest du damit etwas beweisen?" Natürlich mir selbst, ich brauchte das im Moment nicht, Verliebtheit sein. Noch mehr Ungewisses, noch mehr Unruhe. Er ist doch gar nicht mein Typ. Der Kleine soll mich in Ruhe lassen, was mischt er sich jetzt bloss ein. Meine Jeans sind sauber und der Pulli eben so, also mehr braucht's nicht. An was studiere ich da eigentlich rum. So schnappte ich mir meine Wolljacke und wollte abdampfen als ich den kleinen Mann schreien hörte.

„He, was wird aus mir. Muss ich jetzt einfach hier im super schönen viktorianischen Haus versauern oder was. Du kannst mich doch nicht einfach alleine hier lassen!"

Nein, konnte ich nicht. Ich gab ihm zu verstehen, dass ich vorher noch die Landlady darüber informiere, dass ich ihr grünes Licht für mein Zimmer gebe. Lange wird er nicht alleine sein und schloss die Türe, basta fertig. So durcheinander war ich schon ewig nicht mehr. Kurzes Klopfen beim Hausarzt: „Treffen wir uns unten in der Bibliothek?! Muss noch eine Babysitterin für den kleinen Mann finden. Alleine ist er quasi aufgeschmissen behauptet er." Vermutlich wussten nun alle im Haus Bescheid, dass der Hausarzt und ich uns noch treffen. Aber das war mir egal.

Die Landlady war hocherfreut und stürmte förmlich in den ersten Stock, rauf zum kleinen Mann. Echt agil für ihr Alter. Eine Sorge weniger im Moment.

Zögerlich betrat ich die Bibliothek. Im Dämmerlicht hatte man den Anschein man tauche in eine andere Welt ein. Bibliotheken haben ihre eigenen Gerüche. Das Papier, die Ledereinbände, Tinten die ihre Düfte entwickeln, die schönen antiken Möbel. Herrlich, für mich jedenfalls.

Der Hausarzt hatte seinen Sessel strategisch gut gewählt. Er sass im Halbdunkeln und gab den Anschein als fühle er sich sichtlich wohl. Und mich lässt er oben an seine Türe hämmern.

„Vorab möchte ich mich entschuldigen für meinen Überfall von vorhin. Die Situation hier ist nicht ganz so einfach für mich. So wie ich die Lage einschätze, muss ich eine schwere Entscheidung treffen und die kann ich nicht fällen ohne vorher mit Ihnen alles geklärt zu haben. Es ist wichtig zu wissen wie Sie, ihr alle zu mir stehen. Wir kennen uns kaum oder überhaupt nicht. Als Hausarzt kriegt man einiges mit was Sorgen und Nöte der Patienten betrifft. Dann kommt hinzu, dass ich noch nicht lange der Hausarzt hier bin. Aber lange genug um die Bedürfnisse des Landlords zu kennen. Was soll ich tun, bitte unterstützen Sie mich in meiner Entscheidung." Jetzt wird's immer besser. Was will er von mir. Ich werde wohl kaum als seine Lebensberatung fungieren. Irgendetwas liess mich stutzig werden. Wieso redet er nicht mit den Hausbesitzern. Genügt es nicht, dass er mich nervös macht, nein er musste mich noch unbedingt misstrauisch werden lassen. Gut trug ich mein geliebtes Sweatshirt. In dem fühle ich mich geborgen wenigstens etwas. Alle seine Worte hörte ich aber der Klang passte von vorne bis hinten nicht dazu. An was nagt er rum. Kommt mir so bekannt vor. Nur nie offen reden wenn es noch möglich wäre. Lieber alles vor sich hin köcheln lassen. Bis puff paff das Fass explodiert. Ihm liegt doch etwas auf dem Magen!

Da ich immer noch stand versuchte ich etwas ungeschickt einen guten Sessel auszuwählen. Irgendwie wollte ich nicht, dass er uns verliess. Ich wünschte mir insgeheim, dass er sich dahingehend entschied in unser Vorhaben einzusteigen. Den kleinen Mann brauchten wir nicht mehr vor ihm zu verstecken schon mal ein Plus. Seine Kenntnisse betreffend dem menschlichen Körper konnten von grossem Nutzen sein. Seine Art mit Menschen umzugehen mochte ich im Grunde genommen sehr. Immer in der Hoffnung er spielt uns kein Theater vor. Wieso muss ich nur immer so misstrauisch sein. Aber wenn ich mir seine Fragen durch den Kopf gehen lasse, ich weiss immer noch nicht was er von mir, von uns will. Angriff wie immer die beste Verteidigung: „Was wollen Sie?" fragte ich (peinlicherweise mal wieder zu laut) und stellte mich kurzerhand in voller Grösse vor seinen Sessel. Mein Gott wir sind doch hier nicht auf einer Viehschau, was ist den bloss los mit ihm. Ausser dass er mich begutachtete, kam keine Regung von ihm. Ob ihm das gefiel was vor ihm stand, war unmöglich herauszufinden. Er verzog keine Miene. Auf die Idee, dass er ebenso nervös war wie ich, kam ich doch gar nicht. Anstatt mir endlich zu sagen um was es ihm ging, schaute er mich einfach nur an und gab immer noch keinen Ton, nicht das kleinste Keuchen von sich. „Möchten Sie unser Okay dabei sein zu dürfen, geht es ihnen darum?" fragte ich und versuchte ruhig stehen zu bleiben. Währendes mir der Schweiss ungehemmt in kleinen Bächen meine Stirn runter rieselte, ich betete, er möge nur ja nichts bemerken. „Ja" er gab endlich einen Laut von sich, erfrischend. In der Kürze liegt die Würze, was soll's! „Na, dann klar sie sind dabei. Sie müssen da Sie bereits zu viel gesehen haben. Wir können Sie nicht mehr vom Haken lassen." Mein vis-à-vis* schaute

---

* französisch für gegenüber

mich lächelnd an. Trotzdem schien mir als würde ihm mehr auf dem Magen liegen als nur sein Beitritt in unseren erlauchten Kreis. Oh wie recht ich doch hatte.

Plötzlich sprudelte es aus mir raus: „An dem Tag als es passierte wollte ich über Scheidung mit ihm reden. Aber daraus wurde aus ersichtlichem Grund nichts er war zu klein." Wieso erzähl ich eigentlich einem Fremden so etwas. Wo kam dieser Drang her ausgerecht ihm so viel über mich auszuplaudern. Tolle Rolle Frau, lass das werde es später sicher bereuen.

Doch das Eis war gebrochen und löste ihm die Zunge. Herrlicher Ausdruck: es löst ihm die Zunge und dann fliegt sie wie ein Ballon davon!

Jedenfalls begannen wir über alles zu reden.

„Eigentlich bin ich hier auf Bitte der Landlady und Landlord. Nun möchte ich wissen, wie-was kann ich helfen. Irgendwie weiss ich nicht wie ich in die ganze Geschichte passe. Der Landlord ist nicht mein einziger Patient und daher wäre wichtig ob ich hier weg darf oder ihr mich zu eurer Sicherheit, was absolut begreiflich wäre, einfach festhalten möchtet. Falls dies zutrifft, muss ich Termine absagen ausser es wäre alles geklärt bis Morgenabend. Ich weiss kurzum nicht wie ich mich verhalten soll. Es tut mir leid, dass Sie jetzt zu alledem noch eine Trennung durchstehen müssen aber manchmal ist es das Beste was man tun kann um nicht salopp gesagt drauf zu gehen innerlich. Fazit, so wie ich Sie verstand, muss meine Situation scheinbar mit allen gemeinsam angeschaut werden. Und daher warten wir's ab was uns die Zukunft noch so alles beschert. Darf ich Sie auf eine Tasse Tee in den Salon einladen?" Ich konnte nicht widerstehen. Aber halt mal. Hatte er nicht gesagt dass er, wie drückte er sich aus: „Eigentlich bin ich hier auf Bitte von Landlady und Landlord" Genau das hatte er gesagt aber wieso wussten die beiden schon so früh, dass er dazu kommen muss. Als seien sie Hellseher und hätten gewusst, dass ein zusätzlicher Chemiker gebraucht werde. Dummerweise fiel mein Blick mal wieder auf ihn und das verwirrte mich. Das muss aufhören sobald ich ihn anschaue spukt's in mir. Richtig denken unmöglich. Meine Konzentration ist dahin. Mein Noch-Ehemann und ich hatten zu viel Zeit verstreichen lassen bis jetzt zu unserer Trennung. Wir lebten einfach sinnlos vor uns her. Jeder sein Leben so gut es ging. DAS zahlt sich einfach nicht aus, verdammt noch mal. Jetzt beginne ich die Rechnung dafür zu begleichen. Kaum gefällt mir einer, falle ich aus der Rolle wie ein Bubele. Ich krieg hier langsam die Krise und etwas beginnt sich ganz langsam einzuschleichen. Immer wenn was

passiert, dass ich nicht richtig einordnen kann, bekomme ich Platzangst. Ganz klein, minimal nistet
sie sich in meiner Magengegend ein. Zwischendurch vergisst man sie aber wenn sie einmal da ist,
bleibt sie. Und sie begann es sich in mir gemütlich
zu machen. Wieso hört man so selten auf sein
Bauchgefühl?!
Später als ich mit den Girls darüber sprach, fragten
sie mich ob ich wirklich alles gut durchdacht hatte.
Ich sah nur Gründe für das Pro, ihn miteinzubezie-
hen. Na ja, vielleicht vergass ich zu erwähnen, dass
er mir gefiel. Noch mehr Verwirrung. Es ist der falsche Moment. Das muss warten. Würden meine
neuen Gefühle dies alles hier nicht überleben, wäre
er mit Bestimmtheit nicht ein Mann für mich. Andererseits wusste ich immer noch nicht was er wirklich wollte. Dabeisein, bei unserer Sache? War es
das was er wollte. Bis jetzt hatte er immer nur über
die Angelegenheit gesprochen und kein Wort deutete in meine Richtung. Nicht der kleinste Hinweis ob
es ihm ebenso erging wie mir. Er könnte mich einfach nur sympathisch finden und mehr nicht. Grote
man wat nu? Heisst: grosser Mann was nun und das
war Niederländisch.
Ein Kontra, wir wussten eigentlich nichts über ihn.
Aber ein Zurück gibt es doch gar nicht mehr, er hatte wirklich bereits zu viel gesehen. Dies alles traf

übrigens auch auf all die anderen neuen Bekannten zu.

Mein Magen begann sich auf eine Achterbahnfahrt einzustellen. Ausser alle töten, was bleibt da übrig? „Ich bin in dieser Sache ja nicht alleine massgebend. Richtig betrachtet, gibt es nur eine Möglichkeit. Wir setzen uns alle zusammen und jeder sagt, was sie/er denkt. Das versteht man unter Demokratie oder? Vorrangig wäre, meinem Noch-Ehemann seine gewohnte Grösse wieder zu beschaffen, oder?" Nein, zuerst etwas Geld und dann Grösse.

Unsere Köpfe rauchten. Vor lauter unbeantworteten Fragen vergassen wir den Tee zu trinken und die Sandwiches zu essen.

Unterdessen waren alle im Salon versammelt. Ich immer noch reichlich nervös als es einfach aus mir raus platzte: „Ich habe HUNGER." dabei schaute ich zu ihm rüber. Was mach ich da bloss. Was soll dass - ich habe Hunger - peinlich, nur peinlich. Er lächelte schelmisch währenddes sein Blick in Richtung Sandwiches schweifte. Hätte ihm so gerne gesagt, du musst bei uns einsteigen, du musst einfach. Dein Studium über den menschlichen Körper war nicht für die Katz. Ja, genau so hätte ich es ihm gerne gesagt aber ich bin hier nicht alleine massgebend. Alle mussten einverstanden sein. Irgendwie zweifelte ich nicht daran, dass er uns erhalten blieb und so war es dann auch.

Plötzlich fragte ich mich was das Ganze eigentlich für einen Sinn macht. Es war doch bereits klar, dass er dabei ist. Ich hingegen hatte das Gefühl, ich sitze in meinem Mixer und warte, dass jemand Mitleid mit mir hat und ihn abstellt.

Lange brauchten die Mädels nicht sich hier im Landhaus einzunisten. Das Bild alle hier im Salon vermittelte einem den Eindruck eine Familie verbringe das übliche Wochenende zusammen. Wenn da nicht der kleine Salontisch gestanden hätte mit Puppenmöbel und so weiter und so fort. Die Möbelchen würden noch gehen aber die lebendige Puppe! Der kleine Mann unterhielt sich mal wieder angeregt mit Landlord und dem Verehrer. Die drei hatten wieder alles um sich vergessen. Es existierten nur noch sie. Mir nahmen sie dadurch eine Menge Arbeit ab. Ich musste mich nicht mehr alleine um meinen Noch-Ehemann kümmern. Die Mädels hatten sich bis jetzt nicht gross eingemischt. Weder was meinen Scheidungswunsch betrifft noch in die Betreuung des kleinen Mannes. Aus Anstand nicht. Auch wenn ich noch so beteuerte, dass es ok sei wenn auch sie sich um ihn kümmern. Doch jetzt im Nachhinein gab ich ihnen recht. So gab's keine Missverständnisse und für ihn war es auch leichter.

So genoss ich meine neue Freiheit und begann über den gesunden Appetit des Hausarztes zu staunen. Die Landlady hatte zwischenzeitlich erneut einen wirklich grossen Servierwagen mit Unmengen von Sandwiches, Salaten, Getränke und sonstige Annehmlichkeiten her gekarrt. Wer dies alles zusammengestellt hatte war mir ein Rätsel. Aber keine von uns wollte darüber nachdenken. Hunger lässt einem unvorsichtig werden!

Auch war ich nicht in der Lage die Idylle im Salon zu stören, die Situation des Arztes konnten wir auch noch später klären. Obwohl ich immer noch nicht verstand was er wollte. Erst viel, viel später erklärte er es mir. Er wollte uns warnen. Auf seine komisch verdrehte Art wollte er uns warnen. So verdrückte ich mich möglichst unauffällig, nicht ohne vorher noch zwei Kanapees und meinen Mantel zu schnappen. In dem Moment als ich die Haustüre schliessen wollte, hörte ich ein:

„Aua, he brich mir nicht den Arm. Wolltest dich davon schleichen mit unserem Geld auf Nimmerwiedersehen. Das weiss ich zu verhindern". Wir lachten und umarmten uns. Unser verliebtes Girl ergriff die Chance um mal wieder mit mir zu plaudern, herrlich. Drei Schritte weiter, dann waren wir zu Dritt, dann zu Viert und so spazierten wir los. Einfach mal nur so. Keinen Gedanken an das Ganze einfach nur wir vier Mädels wie früher. Köpfe voller Blödsinn, dummen Sprüchen und viel, viel Gelächter. Früher hätte ich hier an solch einem Punkt erwähnt, dass ich das Leben in solchen Momenten sehr liebe. Heute lassen wir's besser. Wieder im Haus, mussten wir uns gestehen, daran könnten wir uns gewöhnen aber durften wir nicht. Wir mussten früher oder später zurück, die liebe Verpflichtung.

Im Salon unterhielten sich unsere Gastgeber mit ihren restlichen Gästen. Leise gesellten wir uns wieder dazu. Plötzlich betrat eine junge dunkel gekleidete Frau, unauffällig den Salon. Ich sah wie der Verehrer sich vor den Tisch mit dem kleinen Mann stellte, die Landlady erschrocken dreinschaute und unser Landlord zweimal leer schluckte.

„Ich wollte nicht stören aber möchten sie ein Abendessen? Wäre im Nu bereit und ich könnte servieren falls sie möchten?" Jetzt waren wir verwirrt unsere Blicken fielen zwischen dem mit Essen überfüllten Servierwagen und dem Landlord fragend hin und her. Abendessen, das auch noch. Wollen die uns mästen bis wir fett-kugelrund mit kleinen Stumpenbeinchen nicht mehr weglaufen können. Hänsel und Gretel ist eine Erholung dagegen!?!

„Wissen was, nehmen sie sich den Rest des Tages frei. Wir werden uns mal wieder selber bedienen.

Das ist kein Problem. Ach, wissen sie was, rufen Sie mich am Montag morgen an um die Arbeitszeiten zu besprechen und nehmen sie sich auch morgen frei. Mein Mann und ich haben so gute Nachrichten erhalte, sie sollen auch davon profitieren. Geniessen Sie das Wochenende. Und bevor ein falscher Eindruck entsteht. Entlassen werden wir Sie 100-prozentig nicht. Sie sind eine sehr gute Angestellte und wir sind alt wissen sie daher sehr gut zu schätzen."

Das Girl strahlte, mir schien als deute sie sogar einen Knicks an und huschte von dannen.

„Das Personal haben wir total vergessen was meint ihr, konnte sie ihn sehen? Ich denke nicht. Dass hier Puppenmöbel stehen ist sie sich glücklicherweise gewohnt. Aber das hätte schief gehen können. Du mein lieber Mann hast auch nicht dran gedacht verständlicherweise, leider." Entschuldigte sich die Landlady.

Schock lass nach, das hätte ja so was von in die Hosen gehen können. Alle atmeten gleichzeitig aus und da war er wieder so ein Moment, einer von der erlösenden Sorte. Gruppen-Lachen war angesagt gefolgt von herrlichen Canapés. Ich sag nur Stumpenbeinchen! Zwischendurch riskierte ich einen Blick auf den Hausarzt und begann mich zu fragen ob er mir wirklich gefällt oder ob ich durch die ganze Sache nicht mehr objektiv sein konnte. So etwas verbindet und kann die Sicht auf Gefühle verzerren. Immer wieder sagte ich mir, wie auch immer es ist der falsche Moment an so etwas überhaupt zu denken. Was noch hinzukommt, von ihm kam kein Zeichen was darauf schliessen liesse, er könnte mich anziehend finden. So verbot ich mir kurzum jegliche Gedanken an ihn. Wir sassen oder lagen auf den herrlichen Teppichen im Salon, als er zu reden begann. Er bat um unsere Aufmerksamkeit. Der kleine Mann lümmelte sich mitten auf dem Tisch herum und genoss es sichtlich.

„Ich weiss, dass ich die gemütliche Stimmung, tut mir leid, unterbreche aber es ist wichtig für mich. Ich fühle mich als Aussenstehender der total zufällig in diese Situation geraten ist. Es ist mir wichtig zu wissen wie ich in die ganze Sache passe. Tut mir leid euch auf den Boden der Tatsachen runterholen zu müssen und hoffe, ihr versteht das." Also unter uns so privat würde ich sagen, etwas geschwollen gesprochen aber was soll es.

„Ja", ergriff der Landlord das Wort. „wir, meine Frau und ich, haben auch darüber nachgedacht und meine Frau ist meiner Meinung. Wir würden es begrüssen, wenn Sie voll mit einsteigen. Nicht nur ihr Fachwissen als Arzt könnte massgebend zum Ziel beitragen. Euch Mädels möchte ich noch etwas sa-

179

gen. Geld wird mehr als genug dabei herauskommen. Wir haben selbst mehr als genug und benötigen nicht noch mehr. (Das hingegen stimmte. Ums Geld ging es denen nicht). Alles wird mit Verträgen geregelt und festgehalten. Finanziell seit ihr immer noch gleich weit, d.h. es wird durch fünf geteilt. Egal ob Arzt mitmacht oder nicht."

Was hat er sich da nicht verrechnet? Was ist mit dem Verehrer fragte ich mich. Als hätte der Verehrer meine Gedanken lesen können, setzte er sich näher zu uns und begann ebenfalls zu reden.

„Ja, das liebe Geld. Kann ich gut sagen da auch ich mehr als genug davon habe. Mein Interesse liegt an der Forschung am Wie und nicht am wieviel. Wir befinden uns in der Lage als stinkreich zu gelten. Somit bleibt es bei sage und schreibe fünf Teilen. Und ja, ich bin ebenfalls der Meinung, dass ein Arzt mit seinen Anatomie-Kenntnissen genau der Richtige ist. Von seiner Chemie-Ausbildung ganz zu schweigen. Jetzt liegt es an Euch Mädels und an Eurem Goldesel" er kam leicht ins Stottern als er den kleinen Mann fragend ansah.

So viel Einigkeit auf einem Fleck. Das zieht einem in seinen Bann. Man driftet ab von der Wirklichkeit. Wie ein Sog, weg in eine Traumwelt. Der kleine Mann stimmte ebenfalls für die Aufnahme des Arztes. Er lächelte mir dabei etwas süffisant zu. Klar, nur zu pass auf, du bist immer noch klein versuchte ich ihm via meinen Blicken klar zu machen. Wir Mädels schauten uns an, die Entscheidung war gefällt.

„Wau, danke Euch allen. Schön wenn einem so viel Sympathie entgegengebracht wird. Bleibe sehr gerne und mein Wissen gehört Euch." Strahlend stand er auf, stellte sich hinter den Stuhl der Landlady und griff in seine Innentasche seines Jackets. Dabei sah er mich an und gab mir mit einer Zigarette* in der Hand zu verstehen, ich soll doch auch mit raus kommen. Vermutlich bin ich etwas zu schnell aus dem Stuhl geschossen, plötzlich rief unser Lord: „Sie rauchen! Mein Arzt raucht! Mir verbieten Sie Tabak, Alkohol und weiss nicht was noch und Sie rauchen. Eine Schande mein Arzt ist ein Sadist. Meine liebe Frau hast du das gesehen, was tun wir nun? Bieten wir nun all unseren Gästen endlich das Du an. Was das Rauchen betrifft, werden wir später noch darüber reden. Und jetzt stossen wir an auf unsere Zukunft, Zusammenarbeit und das Du."

Eines der Girls schloss sich mir und dem Arzt an. Gemütlich spazierten wir den Waldrand entlang und plauderten über alles Mögliche. Zurück im Haus liess ich mich aufs Sofa fallen und schaute in die

---

* Rauchen schadet der Gesundheit

Runde. Irgendwie fühlte es sich an wie die Ruhe vor dem Sturm. Als wollten noch alle die letzten ruhigen Stunden geniessen bevor es ans Eingemachte ging. Genug für heute, doch so schnell liess man mich nicht vom Haken. Die Landlady kam auf mich zu und fragte mich ob sie meinen kleinen Mann nicht zu sich ins Zimmer nehmen soll. Ihr Mann und sie hätten getrennte Zimmer. Seit er und sein Rollstuhl weg seien hätte sie noch mehr Platz. Sie könne ihm auch helfen wenn er etwas brauche und so hätte ich doch mal wieder die Möglichkeit alleine zu sein. Immer voraussetzt, dass ich das wolle. Ja und wie. Mal wieder alleine in einem Zimmer, wunderbare Vorstellung und einen Seitenblick auf den kleinen Mann, nickte ich ihr zustimmend zu. Die Aussicht auf ein Zimmer nur für mich alleine, war befreiend. Erst jetzt spürte ich wie sehr ich mich danach gesehnt hatte. Seit diesem aber ach so grossen Ereignis gab es keine Nacht in der ich ungestört ein Buch lesen oder einen Film gucken konnte. Sogar vor all dem gab es Nächte in denen ich alleine zu Hause war.

Geschniegelt und gereinigt im Pyjama stellte ich etwas lustlos den TV an. Insgeheim wünschte ich mir, es würde an der Türe klopfen und er stände draussen. Der Ritter der Erlösung aber bitte nicht in weiss. Ich mag es wenn sie mit viel Silbergeschmeide und Lederornamentik behangen sind. Waffen dürfen sie dalassen wo auch immer. Waffen stören nur. Die blöden grossen Schwerter die einem beinahe in der Mitte aufschlitzen beim Versuch zu Küssen. Pistolen die versehentlich losgehen und so weiter und so fort. Aber natürlich klopfte er nicht an meiner Tür. Was ich nicht wusste, dass er der Arzt, mein Ritter ohne Rüstung, in ein Schachspiel verwickelt worden war. Etwas geknickt stellte ich den doch sehr modernen TV, etwas unpassend zum Rest der Möblierung, wieder ab. Die grossen, breiten Fenstersimse passen genau zu meiner Körperlänge dachte ich. Drehte das Licht aus, schnappte mir die Bettdecke und das Kissen und kuschelte mich auf den Fenstersims. Dieser Sternenhimmel unglaublich. Müder als gedacht, schlief ich sofort ein. Mit einem Wums und Knall landete ich auf dem Boden. So wie es aussah schlief ich knappe zwei Stunden auf dem Sims. Vermutlich versuchte ich mich zu drehen und dabei fiel ich erbarmungslos runter. Ohne eingewickelt in die Decke wären es mehr als nur zwei blaue Flecken geworden. Wie es halt so geht, mein Hinterteil kriegte das Meiste ab. Ich kenne meine Zukunft was meine Pobacken betrifft. Nicht mein erster Sturz. Abgesehen vom Gelächter der anderen, das hundert pro nicht ausfallen wird, werden die Farben Blau und Grün gepaart von dezentem Gelb längere Begleiter sein. Es war zum Haare raufen. Nicht alles konnte so glatt ablaufen. Das wäre doch unnatürlich. Irgendwo kommt er, der Hacken. Bei mir war es der blaue Arsch. Bitte entschuldigt den Ausdruck. Mein nächtliches Debakel konnte sicherlich nicht unbemerkt geblieben sein. Meine Girls und ich wir kannten uns gut und sie hatten schon einige dieser Dummheiten von mir über sich ergehen lassen müssen. Diese war von der harmloseren Sorte und sicher ein paar gute Lacher wert. Dass niemand kam um Nachzuschauen wunderte mich daher nicht wirklich. Eigentlich bin ich dankbar dafür. Ausgeschlafen und leicht lädiert, versuchte ich am nächsten Morgen auf Umwegen in die Küche zu schleichen. Vor dem Kaffee sollten sie mich nicht erwischen. An meinem Gang werden sie vermutlich sofort den Verursacher des nächtlichen Bums erkennen. Zu früh für ihr blödes Grinsen und ihre lieb gemeinten Sprüche. Dafür musste ich wach sein. Es kam wie es kommen musste. Ich hätte wissen sollen, dass es keine Gnade gibt für so ein ungeschicktes Wesen wie ich eines bin.

„Habt ihr gesehen wie sie läuft. Ob ihr etwas wehtut? Wir geben zu zuerst fiel der Verdacht auf unsere zwei frisch Verliebten. Aber da sie vehement abstreiten die Verursacher des nächtlichen Lärms zu sein, überlegten wir, wer noch in die engere Wahl

fällt. Die anderen haben gute Alibis und fallen ebenfalls weg. Dann erinnerten wir uns an einen sehr
ähnlichen Knall ebenfalls mitten in der Nacht.
Kaum zu unterscheiden die beiden Bums. So stand
fest, wer alle in tiefer Nacht in solche Schrecken
versetzte. Was kannst du zu deiner Verteidigung
vorbringen?"

„Ich weiss nicht was ihr da plappert. Habe nichts
gehört. Bin nur etwas falsch gelegen aber das gibt
sich wieder. Ich weiss gar nicht was ihr von mir
wollt. Gibts Kaffee oder muss ich ihn auswärts trinken?"

„Gesteh oder du kannst dir deinen Kaffee zeichnen.
Ich hol dir ein Stück Papier und Farbstifte. Die wird
es sicher irgendwo hier in dem grossen Haus
geben."

„Wurde geschubst und fiel vom Fensterbrett."

„Natürlich, der heilige Geist kann seine Pfoten nicht
von dir lassen und jetzt raus mit der Wahrheit. Ich
weiss wo ich dich knubbeln kann und kriege nicht
mal kaputte Finger, soll ich?"

Natürlich musste ich ihnen alles erzählen was mir
eine gesunde Runde Gelächter einbrachte.

„Du lernst es nie. Aber Blau/Gelb und Grün stehen
dir gut, da machen wir uns keine Sorgen. Komm
setz dich zu uns!"

„Oh, nein-nein stehe hier gut, danke und überhaupt"
schon ging das Gekicher wieder los von Mitleid
keine Spur. Und so muss ich mir eben selber leid
tun. Beruhigend bei der ganzen Sache, das nächste
Missgeschick wird kommen und dann darf ich kichern!

Unsere Gastgeber benahmen sich so als sei nichts
passiert. Noch besser, man wechselte dezent das
Thema. Unser Herr Landlord war schlauer als gedacht. Nein, er nutzte die Gelegenheit dazu uns auf
jemanden aufmerksam zu machen. Er erklärte uns,
dass der Arzt eine erlesene Klientel habe. Darunter
befinde sich ein exzentrischer Milliardär. Dieser
traue keinem Spital. Er nennt sie Gefängnisse für
Kranke. All das plauderte unser Arzt dem Herrn
Landlord einmal versehentlich aus nach einem ge-
stressten Tag als er den Abend im Landhaus verbrachte. Er fand den Milliardär so eigen und erzählte daher unserem Gastgebern mehr als nur eine An-
ekdote. Er lief so in Gefahr seine Zulassung und Patienten zu verlieren. Wir reden hier von Datenschutz. In dieser Gegend nennen sich die Menschen
„die Lokalaristokratie". Der Name Landadel erinne-
re zu sehr an Sklaverei.

Lokalaristokratie, ein tolles Wort oder? Als Zusatz-
titel könnte man „Die Schwätzer" nehmen. Auch
der Landlord schweift gerne vom Thema ab. Nur so

lässt sich die Erwähnung der Lokalaristokratie erklären. Ansonsten wüste ich keinen anderen Grund. Aber leider endet alles mal und das war auch mit unserem gemütlichen Wochenende so. Ernst war angesagt und damit meine ich nicht den Mann Ernst, nein die Arbeit. Zuerst klärten wir auf, wie wir uns den Ablauf vorstellten. Was wir mit dem kleinen Mann vorhatten. Niemand sprach ein Wort. Ich gab mich schon geschlagen und dachte, da haben wir uns einen schönen Mist ausgedacht als die Landlady das Wort ergriff.

„Unglaublich perfekt, genau so etwas haben wir uns vorgestellt. Folgendermassen: „Um keine unnötigen Risiken einzugehen, habe ich unsere drei Angestellten dahin informiert, dass sie eine Woche bezahlten Urlaub haben. Ist für sie nicht ungewöhnlich da es zeitweise meinem Mann sehr schlecht ging und er absolute Ruhe benötigte. Somit wundern sie sich nicht über die unverhofften freien Tage. Der Lebensmittellieferant ruft jeweils vorher an, fragt was wir wünschen und meldet sich dann nochmals bevor er hierher fährt. Also, auch einkalkulierbar. Was unseren Hausarzt anbelangt ist ja auch alles geregelt, da er unwiderruflich mit drin hängt. Würde er was ausplaudern, hätte er mehr zu verlieren als wir oder?" Der letzte Satz klang unterschwellig bedrohlich. Heute wissen wir wieso. Kurz ein kalter

Schauer der mir den Rücken runter lief und nicht nur mir wie wir später herausfanden.

Doch sie betrachtete den Arzt liebevoll und er erwiderte ihren Blick.

„Nachdem die Fronten geklärt sind und der Plan steht, sehe ich keinen Grund nicht zu frühstücken. Oh, doch ich vergass. Da kein Personal helfen kann, müssen wir alle mit anpacken. Ich denke das sollte kein Problem darstellen!"

Da sie uns Mädels noch nicht kennt verzeihen wir ihr die letzte Bemerkung. Wir waren es gewohnt mit anzupacken. Das nennt man Alltag in unserer Welt. Nicht nur Kleider und Kosmetik waren in unserem Gepäck, nein auch unsere diversen To-Do-Listen.

„Die Arbeitspläne müssen der neuen Anzahl Leute angepasst werden. Die Badezimmer-Zeitpläne behalte ich aus Sentimentalität. Tolle Idee mit dem Frühstück schauen wir mal wer gemäss Arbeitsplan dafür zuständig ist."

Liess ich verlauten, auf den Stockzähnen lachend, während ich in Richtung Esszimmer marschierte. Weit kam ich nicht denn eines der Mädels, hielt mich am Arm und drückte mir den Arbeitsplan in die Hand.

„Tja, dumm gelaufen. Ich sag es dir ungern aber liess mal den Plan. Lässt du mich bitte vor. Das Personal kommt nie vor der Herrschaft."

Sie schubste mich bei Seite, bat die anderen ihr zu folgen und man lies mich kalt stehen. Ich brauchte den Plan nicht zu lesen um zu wissen, dass ich die Auserlesene bin. Das hiess Kaffee kochen, falls nicht bereits erledigt, Auftischen, Abräumen und Abwaschen. Ich wiederhole mich ja so ungern aber alles hat zwei Seiten. So habe ich es wenigstens schon hinter mir für eine Zeit lang. Ist doch nicht schlecht. Nur wusste ich nicht wie die Küche aussah und wieviel Geschirr so ein paar Leutchen verdrecken können. Der Abend davor tummelte sich ebenfalls noch in Form dreckiger Teller, Gläser usw. auf der Ablage herum. Man wollte ja keine Zeit für Nebensächliches vergeuden jedenfalls gestern Abend nicht.

Trotz allem die Küche war fantastisch. Wie aus einem „Schönes Landleben-Katalog". Unglaublich, die Mitte dominierte ein riesiger Holztisch mit Bänken. Das alles umsäumte ein echt grosser Herd, ein kleiner Kamin mit einem grossen Wasser-Topf, der für bequemeres Ausschenken an einer Kette hing. So gab es immer heisses Wasser. Auf der anderen Seite eine lange Arbeits-Holzplatte mit den dazu gehörigen Wandschränken und einem viereckigen Lavabo aus Steingut. Über diesem Waschbecken war ein geteiltes Fenster mit Blick auf den Kräuter-/Blumengarten. Jetzt im Spätherbst benötigten die Beete nicht mehr viel Zuneigung. Dazwischen befand sich eine Türe mit Glas die in einen Nebenraum mit Küchengeräten führte. Im Esszimmer stand ein grosser Servierwagen bereit. Später transportierte ich das schmutzige Frühstücksgeschirr damit weg. Ich rechnete längere Zeit am Abwaschbecken zu verbringen als ich sie entdeckte. Da gab es doch tatsächlich eine Abwaschmaschine, das Leben ist doch nicht so ungnädig mit mir. Später erfuhr ich, dass diese genau für die Fälle eingebaut worden war, wenn die Gastgeber alleine sein wollten. Glück braucht der Mensch. Natürlich liess ich keinen Ton darüber verlauten. Oh contraire*, leicht mürrisch räumte ich das Esszimmer auf und rollte geknickt den vollen Wagen in die Küche. Türe hinter mir schliessen, Radio anstellen und auf zur Füllung der Maschine. Fröhlich vor mich hinsummend schnappte ich mir einen Teller nachdem anderen.

„Du hast etwas zu dick aufgetragen meine Liebe. Wir haben dir das nicht abnehmen können. Mürrisch und geknickt also bitte. Du hast tatsächlich gedacht du könntest den Geschirrspüler vor uns verheimlichen! Für wen hält du uns. Aber du lieber Himmel was für eine tolle Küche. So gemütlich.

---

* Französisch für Gegenteil

Hier gibts sogar einen Schaukelstuhl wie in einem der Filme mit Miss Marple*. Dieses Landaus ist unglaublich werden wir auch so etwas besitzen irgendwann. Bitte, bitte sagt ja."

Die drei Mädels lümmelten auf den grossen Bänken rum und träumten laut vor sich hin.

„He, kommt mal auf den Boden runter. Zuerst die Arbeit und dann das Vergnügen. Wir müssen vorwärts machen mit unseren Plänen. Immer muss ich euch drängen und bitten. Wenn wir alles hinter uns haben, dürft ihr soviel vor euch her philosophieren wie ihr wollt und hier und jetzt verspreche ich hoch und heilig, wenn alles vorbei ist, werde ich für eine volle Stunde weiter mich wie eine Angestellte behandeln lassen von euch. Aber jetzt geh ich fertig aufräumen und dann treffen wir uns im Büro von Herrn Landlord, wie besprochen."

„Die heutigen Angestellten alles Spassverderber" maulten sie und verzogen sich.

Indes hatten sich die Männer den Plan für die Versteigerung des kleinen Mannes unter den Nagel gerissen als sei es ihr Werk. Wir Frauen konnten doch nicht die Urheber sein, nein so was gibt's doch nicht. So ist das mit den Männern. Wir liessen sie

---

* literarische Figur der englischen Kriminalschriftstellerin Agatha Christie

im Glauben, dass wir damit einverstanden seien. Unser Moment kommt noch, da zweifelten wir keine Sekunde dran. Sollten sie doch die mühselige Vorarbeit leisten die darin bestand die Details auszuarbeiten.

Es wurde langsam real und es fühlte sich unheimlich an. Der spleenige Milliardär das perfekte Opfer. Ein Hausarzt-Besuch bei ihm war geplant. Es kursierte das Gerücht, dass der Herr Milliardär sich auf illegalem Wege schon Etliches gekauft hätte. Da er sich in einer schlechten Gesundheits-Phase befand, begrüsste er den Anruf respektive kommenden Besuch des Arztes sehr. Da der nette Mensch den Verehrer unseres Girls ebenfalls kannte (wundert das jemand??) sollte er zusammen mit dem Arzt den Besuch abstatten. Sie würden sobald der Untersuch beendet war ihn dazu überreden nachdem sie ihn gierig auf den zu kaufenden Gegenstand gemacht hatten, die passende Klientel für unser Vorhaben einzuladen. Somit würde das Ganze im Haus, das Haus war Bestandteil des Deals, eines Supereichen stattfinden. Dies war als Sicherheitsmassnahme gedacht. Möglichst viele Neugierige fern halten. Es geht um sehr viel Geld und das Haus dieses Menschen ist eine Festung. Auch ist bekannt, dass unser Milliardär sich äusserst gerne in den Vordergrund drängt. Klärte der Arzt uns auf. Für uns super geeignet denn so konnten wir möglichst im Hintergrund bleiben. Uns Frauen wurde das Amt elegante Einladungen zu kreieren zugeteilt. Das anfängliche Gezänk, welche Papierart, Schriftart und Farben beendeten wir indem wir einfach abstimmten. Fünf Frauen können sich sau dumm benehmen wenn es um Ideen geht. Der Landlord und der kleine Mann traten den Rückzug ins Labor an. Nicht ohne uns noch eindrücklich zu versichern, dass sie dort wirklich arbeiteten. Es ging um die Formel ihn wieder gross werden zu lassen. Nachdem wir uns auf sehr einfache, elegante nichts aussagende Einladungen geeinigt hatten, war Warten auf die Rückkehr von Hausarzt und Verehrer angesagt. Sie trafen erst kurz vor dem Abendessen ein und nachdem sie uns die Visite geschildert hatten, erklärten sie uns folgendes:

„Er entpuppte sich gesundheitlich zäher als erwartet. Geld zu verdienen macht ihn immer noch sehr glücklich. Ganz privat unter uns würde ich „macht ihn richtig spitz und geil" sagen. Alles findet im kleinen Saal in der Nebenvilla meines ach so kränklichen Milliardärs statt. Dieser Saal ist mit einigem elektronischen Equipment ausgestattet. Und ist gut übersichtlich. Zwar gibt es zwei Ein-/Ausgänge aber auch das werden wir regeln können. Er wird noch heute die passenden Personen informieren und wir sollten so schnell als möglich die Einladungen fertigstellen und sie ihm zukommen lassen. Für uns sei es unwichtig wer diese Personen seien. Eines sei aber versichert allesamt Besitzer von Unmengen Geld. Mehr müssten wir nicht wissen. Das sind seine Worte und aus meiner Sicht hat er recht damit. Er garantiere für die Geladenen da er nicht zum ersten Mal so etwas ausrichte. Er danke euch von Herzen, dass ihr ihm die Möglichkeit gebt nochmals so etwas auf die Beine zu stellen. Das Beste ist, wir fahren nach dem Essen zurück zu ihm um die Einladungen zu bringen. Und dann heisst es abwarten bis er anruft um uns den genauen Zeitpunkt mitzuteilen. So nun konnte ich doch noch meinen Teil beitragen und nun habe ich Hunger und Durst." sprach unser Herr Arzt/Chemiker und dampfte ab ins Esszimmer. Langsam gehe ich davon aus, dass unser Herr Arzt/Chemiker unter Minderwertigkeitskomplexen leidet da er dauernd erwähnt, dass auch er seinen Teil leiste. Wir hatten doch keine Ahnung, dass er nur seine schützende Hand über uns zu halten versuchte.

Es war so weit. Es fühlte sich komisch an jetzt wo ich wusste, dass es sich quasi nur noch um Stunden handelte bis der Spuk vorbei war. Ob es den anderen ebenso erging. Etwas liess mich nicht los. Tief, tief in mir drin hatte sich das ungute Gefühl bleibend eingenistet. Es sitzt so tief unten, dass man es bereitwillig ignoriert obwohl es mir immer wieder zurufen möchte sei wachsam, sei wachsam. Am besten denkt man nicht darüber nach da alles andere genug aufreibend ist. Es kommt eh wie es kommen muss. Ausser unseren drei Chemikern redete niemand gross diesen Abend. In so kurzer Zeit sind wir richtig zusammen geschweisst worden, unfassbar. Unser Arzt ass noch stiller als sonst sein Essen. Sogar unsere zwei Verliebten verhielten sich relativ ruhig. In den Augen der Landlady, ich hätte schwören können, war Traurigkeit. Die letzten Korrekturen an den Einladungen. Unsere zwei Herren schnappten sie sich die Karten und verliessen uns wortlos. Bedrückende Sache. Das halte ich einfach nicht mehr aus. Wieso war so eine Stimmung. Das Gegenteil sollte der Fall sein.

„Gehen wir noch auf einen Abendspaziergang" wandte ich mich an die Landlady und den Girls.

„Ja, sehr gerne frische Luft wird uns gut tun. Wer schliesst sich uns an? Niemand mehr, dann passt ihr Männer gegenseitig auf Euch auf während wir weg sind, wäre nett."

Draussen hakte die Landlady bei mir ein und wir gingen ein Stück bis sie plötzlich stehen blieb und mich traurig anblickte.

„Was passiert wenn das alles vorbei ist. Geht dann jeder seine eigenen Wege oder wie? Mein Mann und ich und jetzt rede ich offen, sind hier in diesem Haus meist alleine und das fühlt sich schrecklich an. Die letzten paar Stunden liessen uns doppelt fühlen wie trist das Haus ohne Leben ist. Platz ist so viel da, was meint ihr." Die hat Mumm das muss man ihr lassen. Ich konnte mir lebhaft vorstellen auf was sie hinaus wollte. Doch zuerst musste das alles über die Bühne. Ich war einfach im Moment nicht in der Lage meine Gefühle zu ordnen. Schon gar nicht über die Zukunft zu reden. Dann kam noch eine Scheidung auf mich zu und für die anderen Mädels konnte und wollte ich nicht entscheiden. Aber ohne ihr Hoffnung zu geben, konnte ich sie nicht stehen lassen.

„Wir vereinbaren folgendes. Zuerst bringen wir die Sache hinter uns. Sollte wirklich viel Geld für jeden von uns heraus springen, kann ich mir sehr, sehr gut vorstellen, dass ein längerer Rückzug nicht das Dümmste wäre und ich gebe zu ich fühle mich sehr wohl hier. Mit den anderen reden wir resp. ich wenn das alles vorbei ist, hinter uns liegt oder wie auch immer."

„Ja, damit kann ich leben. So besteht wenigstens Hoffnung und das ist schön" sagte sie und gab mir zu verstehen, dass sie umkehren möchte.

Es ist schrecklich wenn man auf eine dermassen grosse Wendung seines Lebens wartet mit sehr unsicherem Ausgang. Stillsitzen unmöglich, Beschäftigung suchen ist angesagt. Aber es ist nicht mein Zuhause. Also, machte ich mich auf den Weg zur Landlady um ihr mein Anliegen zu schildern. Was ich denn gern tun würde, nähen, flechten, malen, stricken oder häkeln? Einfach etwas tun. Was meinte sie denn jetzt damit? Sie gab mir ein Zeichen ihr zu folgen. Drei Zimmer weiter führte sie mich in eine Art Wintergarten.

Herrlich, beinahe alles gab es hier. In einer Ecke befand sich eine Töpferscheibe, etwas weiter ein Nähtisch vis-à-vis eine Malerecke. Ihr fragender Blick bedeutete: Was nun, was soll es denn sein. Die Nähmaschine, ja diese soll es sein meinte ich. Ich hatte einige Blusen und Hosen die etwas Renovation bedürfen. Sie nickte freudig und lief auf eine kleine Kommode zu. Die Schubladen waren voll mit Stoffen und sie meinte:

„Bitte bedient euch. Es wäre schade wenn sie von Motten aufgefressen würden." In dem Moment als ich in die Schublade greifen wollte viel mir mit Schrecken ein, wir sind ja noch krank geschrieben. Unsere Arbeitgeber denken wir seien immer noch arbeitsunfähig. Es musste etwas unternommen werden.

„Hey Girls, kommt her. Wir sind schöne Heldinnen. Unsere Arbeitsverhältnisse wir sind immer noch krank offiziell. Wir müssen uns schnellst möglich bei unseren Chefs melden. Ich persönlich habe keine Lust auf ein Theater das folgendes beinhaltet: „Bitte folgen sie mir ins Personalbüro oder ihr Vorgesetzter möchte gerne mit ihnen reden. Da läuft es mir kalt den Rücken runter. Es schaudert mich. Wie steht es mit Euch?"

Eine nach der anderen nickte zustimmend. Vier Mädels eine Meinung, super aber was tun. Am liebsten hätte ich es einfach sausen lassen und abgewartet was passiert aber so was geht einfach nicht. Jede von uns rief ihren Boss an um mitzuteilen, dass es noch nicht besser ginge und man noch das Bett hüten müsse. Natürlich benötige man ein Arztzeugnis teilte man uns mit. Ein Zeugnis?! Ja, natürlich hier gab's ja einen Arzt. Eigentlich wollten wir nicht so gemein sein und unsere Arbeitgeber bescheissen. Ich hatte noch sehr viele Überstunden und auf die konnte ich im Notfall verzichten, d.h. nicht einfordern und so wäre mein Gewissen rein und ich quitt mit dem Geschäft. Nur ein Mädel sass da mehr in der Klemme. Sie war gelinde gesagt mehr im Minus anstelle von Überstunden. Aber wir sollten ja reich sein demnächst und da liess sie solches mit Geld ausgleichen. Unseren Gewissen ging es nun um einiges besser. Jedenfalls was mich anbelangt. Trotzdem war unsere Stimmung eher in Richtung bedrückt als haushoch jauchzend. Da ich nur von mir reden kann, gestehe ich hier und jetzt: ich habe Angst.

Es war so weit uns stand eine wahnsinnige Geduldsprobe bevor. Wir gehören nicht zur gehobenen Gesellschaft das war das eine und das andere wir hatten auf den Einladungen klar daraufhin gedeutet, dass keine Begleitung gestattet ist. Nur die möglichen Investoren. Somit nur ein erlauchter Kreis von stink-stink-reichen Männern oder Frauen. Frauen, natürlich wurden auch weibliche Reiche eingeladen. Komisch, aber es kam nur von einer Frau eine Rückantwort. Aber wir waren alle dermassen mit unseren eigenen Gefühlen beschäftig, dass dieser Punkt so schnell in Vergessenheit geriet wie er sich bemerkbar gemacht hatte. Es störte nur eines der Mädels.

Meinem kleinen Mann ging's dreckig. Nervös hüpfte er quer durch sein Traumhaus hinaus, hinüber, hinunter. Er glich einem verrückt gewordenen Hamster ohne Rennrad im Käfig. Es war an der Zeit, dass ich mich um ihn kümmere.

„Wie wäre es mit einem Springseil dann läufst du nicht in Gefahr eine Treppe runter zu fallen. Dir deinen Kopf anzustossen oder auf einem der wunderschönen Seidenteppiche auszurutschen." Sein Knurren deutete ich als, ich solle mich verdrücken. Was ich natürlich nicht tat. Im Gegenteil, ab in die Küche, Schokoladeneis, Waffeln und ein Bier schnappen und zurück zu unserem Hauptgewinn. In der Vergangenheit schaffte ich es meistens ihn damit von seinen Grübeleien abzulenken. Hoffentlich klappt es diesmal auch. Diesmal zweifelte ich stark an der Sache. Zurück, musste ich zuerst eine Wurfparade über mich ergehen lassen. Er warf mit allem was ihm in die Hände kam. Ich liess ihn machen. Die Wurfgeschosse waren kaum spürbar was ihn aber nur noch wütender machte. Seine angestauten Gefühle mussten raus, alles muss raus, komm wirf oder schrei was immer du möchtest, dachte ich so vor mich her während ich meine Augen vor seinen Attacken schützte. Leider konnte ich seine Gefühle besser nachfühlen als mir lieb war. Ich die meist, wenn er Angst verspürte, eher aggressiv wurde als etwas anderes. Und heute wusste ich sogar wieso er Angst hatte und konnte es ihm nicht verdenken. Angriff ist die beste Verteidigung und so preschte ich mich vor.

„Anstatt mir Sachen an den Kopf zu schmeissen, würde ich mich lieber erkundigen, wenn ich du wäre, was die alles für dich, deinen Schutz und so weiter und so fort geplant haben. Ich bin die falsche

Ansprechpartnerin dafür. Herrgott noch mal hör doch endlich auf, aua das tat jetzt doch weh. Bitte lass es damit wir zu den anderen gehen können. Sie sind alle im Büro. Lässt du es jetzt? Kann ich mich dir nähern?" Das Eis tropfte langsam über meine Finger den Boden voll. Das Bier wurde warm und ich verzweifelt.

Vorsichtig ging ich auf ihn zu und er landete seinen letzten Treffer. Was er auch immer da gerade geworfen hatte, es traf mich mitten ins Gesicht. Endlich setzte er sich keuchend hin. Es machte den Anschein als beruhige er sich langsam. Ich streckte ihm meine Hand entgegen und wartete, dass er darauf Platz nahm. Aber er zögerte und schaute mich traurig an.

„Ich möchte noch etwas los werden. Was auch immer passieren wird, müsste ich wissen, wenn ich nicht mehr gross werden kann, hilfst du mir dann. Ich möchte nicht in Gefangenschaft enden bei irgendeinem Perversen oder was da so kreucht und fleucht (Rest kann nicht wiederholt werden da extrem ausfällig) Bitte sag was!?"

Innerlich schrie es in mir; aber wir trennen uns doch. Wir sind doch mitten in der Scheidung. Würde doch gerne ein neues Leben ohne dich beginnen. Aber in der nächsten Sekunde wusste ich, dass das alles Mist ist. Sollte es tatsächlich der Fall sein und der Kleine da würde nie mehr gross werden, könnte ich ihn nie und nimmer sitzen lassen. Die Mädels würden uns sicher auch nicht uns selbst überlassen. Sonst gibt es hunderte von Möglichkeiten sich etwas Unerwünschtes vom Halse zu schaffen - oder? So klein wie der ist. Da ich nicht als Sadistin dastehen möchte, lass ich es dabei und bin ehrlich. Ja, natürlich könnte ich ihm nie etwas antun oder ihn sich selbst überlassen auch wenn ich es mir anders wünschte. Eigentlich würde ich gerne einen Schlussstrich ziehen und das schon seit geraumer Zeit. Aber gut Ding will Weile haben. Sollten wir wirklich Kohle machen, würde es sowieso einfacher sein sich um ihn zu kümmern. Daher fiel mein Blick warmherziger aus als geplant aber er verpasste seine Wirkung nicht. Er setzte sich auf meine Hand und klammerte sich an meinen Daumen. Däumelinchen klammert!

„Eigentlich wäre ich dafür, dass wir uns nicht allzu sehr mit solchen Sachen beschäftigen da es meist total anders kommt. Sicher ist, ich lasse dich nicht sitzen. Komme was da wolle." Ganz ruhig gestellt war er doch noch nicht. Genug nervös, dass er sau doof von meiner Hand krabbelte und anstelle, dass er auf dem Fussboden seines Hauses landete, er volle Pulle in mein halb verlaufenes Schokoladeneis fiel. Er wedelte verzweifelt mit den Armen und ass doch tatsächlich noch davon. Es ist ja auch ein wirklich gutes. Ich hielt unterdessen krampfhaft den Becher um ihn nicht samt dem Ding fallen zu lassen. Glücklicherweise klammerte er sich richtig toll am Becherrand fest. Beinahe wäre ich vor Lachen vom Stuhl gefallen! Kurz durchzuckte mich die Idee ihn etwas unterzutauchen. Also packte ich ihn so schnell als möglich am Schlafittchen, raus aus der Sosse, ab ins Bad und rein ins Lavabo. Wasser marsch. „Komm zieh dir frische Kleider an damit wir zu den anderen runter gehen könnte." Lachen unterdrücken kann schön weh tun das sage ich euch. Wir hörten sie schon von weitem, eine heftige Diskussion war im Gange. Keiner der Anwesenden hielt mit seiner Meinung hinter dem Berg. Eigentlich verstand man kein Wort. Alle quatschten durcheinander, doof. Daher setzte ich den kleinen Mann mitten ins Geschehen auf den Tisch und blieb einfach stehen. Nicht übel sie hörten doch tatsächlich sofort auf mit ihrem Gekeife und glotzen mich an. Was ist denn jetzt passiert, fragte ich mich und folgte ihren Blicken an mir runter. Ein Marienkäfer ist eine Erholung im Gegensatz zu meinem Sweater und Gesicht. Es machte den Anschein als hätten mein Pulli und ich die Masern oder irgendwelche Pusteln. Lauter komische Punkte zierten mein Äusseres. Der kleine Mann hatte sich dazu hinreissen lassen mir Lebensmittel anzuschmeissen. Schöne Fett-, Schokolade- und sonstige Flecken. Ich sah aus wie eine gesprenkelte Kuh. Dazu das ganze Schokoladeneis. Der Kleine tat als ginge ihn dies alles nichts an während die anderen mich fragend bestaunten. Er hätte doch was sagen können der kleine Mann. Nein, der genoss das Ganze.

„Bitte fragt nicht. Eine besondere Erfahrung die ich machen durfte" und starrte meinen Noch-Ehemann böse an. Wenigstens ist es eine gute Eissorte oder?

„Übrigens der Kleine fragt sich wie sicher das Ganze für ihn ist. Aus meiner Sicht eine berechtigte Frage. Es darf ihm nichts passieren. Wenn nötig müsste er einfach verschwinden können. Das stellt kein Problem dar, klärten die grossen Herren uns auf. Man hatte daran gedacht. Sie wussten um den Ernst der Sache. Doof ist, wir Mädels können bei der Versteigerung nicht dabei sein. Wir seien zu auffällig und ziehen dementsprechend zu viel Aufmerksamkeit auf uns. Auch entspräche es nicht den üblichen Gepflogenheiten bei solchen Veranstaltungen in einer dermassen grossen Anzahl zu erscheinen. Uns war die Aufgabe zugeteilt, ganz einfach zu warten und sich zusammenreissen. Das Mensch hat seine Schuldigkeit getan und darf nun abwarten stille im Eck.

„Ein Frage, was hat der kleine Mann an Anzügen. Eine Art Smoking wäre super. Gibt es so was für ihn oder muss man sich noch darum kümmern?" fragte der Landlord indem er uns Mädels kritisch von der Seite betrachtete. Das Ganze bekam langsam einen Anstrich von Ungut. Trotzdem, stürzten wir uns auf die Aufgabe unser Kleinod dementsprechend zu bekleiden währenddessen die Männer sich wieder ins Labor zurückzogen. Immer wieder hörten wir sie laut diskutieren aber es schien als sei es eine der guten heftigen Diskussionen.

Eines muss ich betonen ich habe schon einen wirklich genialen Chemiker geheiratet. Was er und die Jungs in extrem kurzer Zeit schafften war einfach nur unfassbar. Es war genau das was noch gebraucht wurde das sogenannte i-Tüpfelchen, aber ich greife vor und das ist nicht gut folgendes passierte:

Die Männer sahen wir den ganzen Tag nicht. Die steckten im Labor als gäbe es nur einen Raum im ganzen Anwesen. Dazwischen brachte unser diensthabendes Mädel Getränke und Essen zu ihnen was sie aber kaum anfassten. Für uns die nichts mehr gross tun konnten zerrte das Ganze sehr am Gemüt. Das konnten weder lange Spaziergänge noch die aufmunternden Worte der Landlady ändern. Diesmal hatte der kleine Mann den Besseren gezogen.

Er hatte Ablenkung zu 100 Prozent da im Labor. Darauf hatte er lange genug warten müssen. Plötzlich, es war so gegen 18 Uhr, öffnete sich die heilige Laborpforte und erschöpfte Männer schleppten sich in Richtung Esszimmer. Für uns Girls hiess dies, die Herren haben Hunger und Durst. Irgendwie wussten wir instinktiv, dass sie es verdient hatten von uns verwöhnt zu werden. Und das taten wir dann auch. Dankbar und müde assen sie und langsam kam Leben in sie zurück. Keine von uns getraute sich sie zu stören und liessen sie daher in Ruhe ihr Glas Bier und die Suppe geniessen. Bei Früchte und Käse angekommen, merkten wir, dass sie happy waren. Irgendetwas war ihnen geglückt und es musste etwas Wichtiges sein. Beim Espresso war aus ihrem Lächeln ein breites Grinsen geworden und sie fanden tatsächlich ihre Sprache wieder. „Uns ist da was Unglaubliches gelungen aber ihr **müsst** uns vertrauen und warten. Nun bringen wir den Rest der Nacht hinter uns. Übermorgen wird es einen Tag der Magie werden unser Zaubertag."

Einmal kurz vor einem sonntäglichen Mittagessen, spazierte ich mit meiner Mutter, Schwester und meinen Neffen an einem Stand mit heissen Maroni vorbei. Mein Neffe fragte ob er ein paar kriege was meine Schwester verneinte da wir uns auf dem Weg nach Hause zum Mittagessen befanden. Nach ein paar Schritten drehte sich meine Neffe zu uns rum und meinte lakonisch: es ist hart an den Maroni vorbei zu laufen. Und so erging es uns Girls im Moment. Es gab Maroni aber wir kriegten keine. Wir wussten warum aber trotzdem mussten wir ruhig und gefasst bleiben. Allen lagen die Nerven etwas blank. In solch einem Zustand bin ich am liebsten alleine und daher packte ich meinen Mantel und meinen neuen Schal (hatte viel Zeit zum Stricken) und schlüpfte zur Türe raus. Es war unterdessen stockdunkel und der Bodennebel zwang mich in der Nähe des Hauses zu bleiben. Ich war nicht die einzige die es nach draussen zog. Eines der Mädel kam auf mich zu und wir umarmten uns wortlos. Es tat einfach gut. Man fühlt sich geborgen wenn man umarmt wird von jemandem der einem einfach mag.

„Wir alle fragen uns sicher dasselbe. Wird es klappen. Es ist totaler Mist, dass wir nicht dabei sein dürfen. Wir haben nicht den richtigen Stammbaum der da Geld heisst. Aber eines weiss ich genau, sollte es in die Hose gehen, ändert sich dann einfach nichts für uns. Dann gehts wieder zurück ans Ackern und mit Glück einmal im Jahr in die Ferien. Passieren kann eigentlich nicht viel oder täusche ich mich da?" fragte sie. Oh, wie weise die Girls doch sind.

Ich war einfach nicht in der Lage ihr zu antworten. Kein Wort brachte ich heraus. Total trockener Hals und die eigene Unsicherheit hinderten mich daran sie aufzumuntern. Aus Verzweiflung nahm ich sie einfach nochmals in den Arm und so wie es aussah hatte sie genau das gebraucht. Als wir beinahe eine Stunde draussen waren, begannen wir zu schlottern und mussten rein zurück in die gute Stube. Bis auf unsere zwei Verliebten, befanden sich alle im Salon. Der Herr Hausarzt schaute mich traurig und bettelnd an und ich begriff so viel wie Bahnhof nämlich nichts. Wie soll ich das deuten um was ging es hier. Vor lauter Verwirrung setzte ich mich wie ein Sandsack vor den Kamin und wärmte mich auf. Was er auch immer wollte, es war nicht der richtige Moment dazu. Es musste warten. Herr Gott nochmal. Aber was er dann wirklich wollte, haute mich um.

Alle unterhielten sich mit sich selbst. Damit ist lesen oder Mobile durchchecken gemeint. Nur um alle Missverständnisse auszuschliessen. Es war so vertraut, so heimelig ruhig. Wie wenn wir eine grosse Familie wären die schon immer zusammen gewohnt hatte. Alleine dies beruhigte und nicht nur mich. Etwas später wünschte ich allen eine gute Nacht. Die benötigten wir, respektive vor allem die

Männer da die auf Zack sein mussten am nächsten Tag.

Es gab einige Geräusche die mich in dieser Nacht immer wieder aufhorchen liessen. Einer der wieder in die Küche schlich, eine die nochmals nach draussen lief und so weiter und so fort. Aber ich versuchte sie alle zu ignorieren. Ich wollte alleine sein. Der kleine Mann war gut aufgehoben und zu meiner Verwunderung in sehr guter Stimmung als ich den üblichen Gute-Nacht-Besuch bei ihm machte. Er gab mir sogar zu verstehen, dass ich mir absolut keine Sorgen machen solle. Es sei alles bestens vorbereitet. Ich solle doch den morgigen Tag zur Ablenkung verplanen und es auch durchziehen. Es werde alles gut, das waren seine Worte und dabei grinste er.

Beruhigen tat mich das nicht wirklich wie stellte der sich das eigentlich vor. Ich soll einfach auf den Knopf auf dem Abschalten steht, drücken oder was. Jetzt war ich sogar noch etwas wütend was ich vorher nicht war. Mist, er hätte besser nichts gesagt. Im Zimmer lief ich wie ein Tiger im Käfig noch ein paar mal hin und her. Ja, sie hatte recht. Was ändert sich schon wenn es nicht klappen sollte. Nichts, zum Horror für mich einfach nichts. Ich würde den kleinen Mann in der kleinen Stadtwohnung am Hals haben und hoffen, dass er mal wieder wachsen würde. Ich würde wie immer arbeiten von 08:00 - 17:00 Uhr, einkaufen gehen wie immer und meine Mädels treffen wie immer. Vielleicht würde ich mal wieder eine männliche Bekanntschaft machen und wer weiss, vielleicht würde etwas draus. Ja, so gesehen was konnte ich schon verlieren. Im richtigen Lichte betrachtet haben meine Mädels, mein kleiner Mann und ich neue Freunde kennen gelernt und ab und zu würde sicher ein schönes längeres Weekend hier auf dem Lande eingeplant werden können. Bin ich nicht ein Optimist. Etwas traurig wäre es zu Beginn aber den Kopf deswegen hängen lassen, nein gibt es nicht. Meinen Kopf so voller Gedanken legte ich mich ins Bett und schaute mich noch einmal im Zimmer um. Es war ein schöner Raum, hell warm und freundlich eingerichtet. Geteilte Fenster die ich so mag, herrliche Stoffe und weiche Teppiche, ja Reiche können ihr Leben geniessen wenn sie Zeit dazu haben. Den meisten fehlt die Zeit ihren tollen Besitz gebührend zu würdigen. Das ist eben da wo sich der Hund in den Schwanz beisst und immer im Kreis rennt. Aber auch so wird er müde, ganz klar.

Wirklich schlafen konnte ich nicht. In ein paar Stunden sollte sich entweder mein Leben drastisch ändern oder eben nicht. Den Mädels erging es keinen Deut besser. Schweigen war daher die einfachste Variante und frühstücken mochte eh keine. Ausser einer Tasse Kaffee brachten wir nix runter. Von den Männern war wieder einmal nichts zu sehen. Auch die Landlady hob verneinend ihre Schultern auf die Frage, was die Herren schon wieder im Labor zusammen köcheln. Langsam fühlte man die Anspannung überall im Haus. Man hätte sie beinahe anfassen können. Wir konnten unsere Ohren noch so fest an die Labortüre drücken, kein Laut, kein Gespräch nichts drang aus dem Raum. Wir Frauen bekamen langsam das Gefühl auf einer separaten Insel des Hauses zu wohnen. Besser ausgedrückt verlassen und alleine. Aber das war so was von egoistisch, wir wussten, dass sie nur versuchten ihr Bestes zu geben. Aber wenn man nicht weiss was los ist, wird man unsicher und verliert die Contenance*. Dann kommt noch dazu, dass Warten nur bedingt eine meiner Stärken ist. Aber ich möchte niemanden langweilen. Tagsüber passierte nicht viel. Jedenfalls nichts von dem wir Frauen wussten. Die Männer verliessen kaum noch das Labor. Gelegentlich verbrachten sie mit uns in der gemütlichen Küche eine Essenspause aber jedesmal wenn eine von uns Fragen stellen wollte meinten: bitte frag besser nicht. Aber alles geht mal vorüber. Das ist auch so ein toller Spruch, nein eine Floskel, je nach Situati-

---

* Französisch für Haltung, Fassung

on kannst du damit jemanden in den Wahnsinn treiben. Wirklich beruhigen konnte ich bis heute noch niemanden damit wirklich. Die Zeit war auf unserer Seite. Endlich war es soweit. Eines war den Herren vollends gelungen. Vor lauter Neugier, x-Versuchen heraus zu finden was die da im Labor treiben, vergassen wir unsere Nervosität. Nur noch einige Stunden/Minuten und es passiert. Der kleine Mann musste wieder einmal eine Anprobe von Anzügen über sich ergehen lassen. Nachdem er Frack, Dinnerjacket und Smoking angezogen hatte, beschlossen die Herren einstimmig ihn in einen dunklen Anzug mit unauffälligen Hemd zu stecken. Dazu eine neutrale Krawatte. Trotz seiner Grösse sah er echt sexy darin aus und alte Gefühle stiegen in mir hoch. Mein Blick fiel zufällig auf den Hausarzt und irgendwie gab er mir das ungewisse Gefühl, dass ihm gefiel was er da sah wie mir. Aber nur einen kurzen Moment und dann dachte ich nicht mehr weiter darüber nach. Er kam auf mich zu und schaffte es doch tatsächlich, dass ich mal wieder unruhig wurde.

„Gehen wir uns kurz die Beine vertreten und die Lungen zuerst mit Luft und dann mit Rauch[*] füllen?" sah er mich fragend an. Ich gebe zu, in die-

---

[*] Rauchen schadet der Gesundheit

sem Moment dachte ich wie charmant er doch sein kann. Ich nickte bejahend meinen Kopf und schon waren wir draussen. Ein Hintergedanken war auch im Spiel. Ob ich etwas aus ihm heraus quetschen konnte. Nur so Andeutungen hätten mir gereicht. Ein kleiner Hinweis was die Männer den ganze Zeit getrieben hatten. Aber nichts ist nichts. Jedesmal wich er so geschickt meinen Fragen aus, dass ich aufgab. Toll gemacht junger Mann und gemein. Zurück sassen alle im Salon, scheinbar hatte man auf uns gewartet. Es galt das Vorhaben nochmals kurz durchzusprechen. Wenn ihr jetzt denkt es werde unheimlich spannend, muss ich alle enttäuschen. Die Herren hatten eine dunkle Transport-Box für den kleinen Mann gebastelt. Also, basteln ist irgendwie nicht das richtige Wort dafür. Die Box war ein Hochsicherheitstrakt. Ein Schlag mit dem Hammer, den einen der Männer zur Demonstration draufhaute, liess die Box etwas wackeln aber ansonsten keine Delle, kein Gar nichts. Auch Feuer, Wasser und Laserattacken liessen die Schachtel kalt. Sichere Sache für den kleinen Mann. Atemluft, bequemer Sitz und Trinkwasser rundet die Sache ab. Eine grosse Rede mussten wir uns auch nicht anhören. Folgendes war geplant.

Landlord, Hausarzt und Verlobter, ja unsere Liebenden hatten sich verlobt und wollten egal wie alles ausgehen würde, heiraten. Also, die Herren gingen zusammen zur Versteigerung. Unser Landlord hatte die heikelste Aufgabe. Er musste die schwarze Box mit dem kleinen Mann drin mitbringen. Zwei gut ausgesuchte Bodygards standen dem ihm zu Seite. Eine unverzichtbare Sicherheitsmassnahme. Es verlieh der Sache auch den nötigen Eindruck „Achtung gefährlich - nicht zu nahe kommen". Solche Veranstaltungen werden in der Regel am späteren Nachmittag abgehalten. Die Käufer mussten die Möglichkeit respektive genügend Zeit haben das Erstandene sicher abzutransportieren. Wer dies dann auch immer tat. Würde die Versteigerung um Mitternacht stattfinden, wären Flughäfen, Schiffe oder Züge schwerer zu nutzen. So beschloss man schon vor langer Zeit so etwas am späteren Nachmittag durchzuführen. Keiner der geladenen Gäste war eingeweiht was da auf sie zu kam. Solche Infos werden im allerletzten Moment durchgegeben. Die Voraussetzungen eine Einladung zu erhalten waren klar und deutlich. Der einzige wirkliche heikle Punkt, war die Hinfahrt. Umwege mussten gefahren werden, zwei identische Fahrzeuge waren nötig oder eventuell sogar drei und viel, viel Nerven waren gefragt. Da einige der Käufer gerne im voraus gewusst hätten was angeboten wird. Die sandten ihre Lakaien aus um zu spionieren. Dafür taten sie einiges jedenfalls vieles davon nicht legal. Einen Blick auf den Landlord und man sah wie das Ganze ihn aufblühen liess. Glücklich betrachtete er seine Frau und sie genoss es. Ein Ziel schien bereits erreicht, was auch immer kommen werde. Für mich sahen die zwei so aus als seien sie erst am Anfang ihrer Pläne. Etwas abseits unterhielten sie sich aufgeregt. Da stimmte einfach etwas nicht. Entweder ich würde die ganze Sache rigoros beenden oder ich lasse den Dingen einfach ihren Lauf. Und jetzt ratet mal was ich tat?! Natürlich nix. Schon verrückt wie in so kurzer Zeit diverse Leben total auf den Kopf gestellt werden konnten. Es würde nie mehr so sein wie es war. Jedenfalls ein kleiner Mann, vier Mädels, Landlady und Landlord, Verlobter und Hausarzt ein grosser Teil kannte sich bis vor Kurzem nicht einmal. Jetzt würde ich gerne eine Redewendung gebrauchen. Aber ich trau mich wirklich nicht mehr. Und daher: Alles geschah nur weil ein Mensch die Finger nicht von einer Mixtur lassen konnte und sie trank. Aber zurück zum Ganzen. In weiser Voraussicht hatten unsere Gastgeber bereits seit einigen Tagen, besser gesagt seit der Verteilung der Einladungen, ihr Anwesen überwachen lassen. Gemerkt hatte das keine von uns. Scheinbar waren es die richtigen Leute. Wenn Sie jetzt denken, dass sie ihren Angestellten frei gegeben hätten, muss ich enttäuschen, im Gegenteil. Nix mit, nehmt euch doch den Rest der Woche frei = bezahlten Urlaub. Die zwei wollten genau wissen wo sich ihre Angestellten befanden. Und wie kann man sie am einfachsten überwachen? Man lässt als sie an einem anderen Ort arbeiten. Quasi ausleihen - weiterreichen wie ein Möbelstück. Später verplapperte sich die Landlady und so erfuhren auch wir davon. Clever kann ich da nur sagen. Uns erzählten sie, sie nehmen bezahlten Urlaub. Nicht die Bohne. Man hatte sie kurzerhand weitergereicht. Wie Sklaven. So ihr arbeitet jetzt für die und den. Strategisch durchdacht wie beim Militär. Hätten wir von dieser miesen Tour gewusst, wäre vielleicht einiges andres verlaufen. Aber wir glaubten den zwei alten Leutchen einfach. Und auf die andere Seite schüchterte es etwas ein. Ihr ganzer Reichtum und ihre Art. Wir waren ihnen im Moment ausgeliefert und mussten ihnen vertrauen.

Dann wurden wir Frauen nochmals gebrieft. Egal alles Auffällige, das Kleinste noch so Unwahrscheinliche sei sofort dem Landlord zu melden. Das Grundstück durften wir nicht verlassen. Alles sollte normal wirken gegen aussen. Falls uns die eigene Nervosität unangenehm würde, hatte die Landlady etwas zur Beruhigung. Nur Weggetreten sein, war nicht erlaubt. Die Herren versprachen so schnell als möglich zurückzukehren. Ansonsten hatten wir keine Aufgaben als Normalität gegen aussen zu demonstrieren. Dabei wollten die zwei älteren Leutchen einfach, dass sie genau wissen wo wir uns aufhalten. Sichergehen, dass wir im goldenen Käfig bleiben. So wie es aussah wussten nun alle was zu tun ist. Bittere Sache, so fühlt es sich an nicht gebraucht zu werden. Ich beschloss dem kleinen Mann einen Besuch abzustatten. Die Salontür war einen Spalt offen und eine weibliche Stimme war zu hören. Eines der Mädels beim kleinen Mann, ungewöhnlich.

„Hast du arg Angst vor dem Ganzen, kann ich etwas für dich tun? Ich weiss wir hatten nie eine grosse Beziehung. Du warst für mich immer der Ehemann meiner Freundin aber dies hier ändert vieles. Ich kann endlich sehen was sie in dir sah vor langer Zeit. Ihr habt euch auseinander gelebt und das ist nun einfach so. Wir haben ihr nie gesagt, was sie tun und lassen soll. Hat sie auch nie bei uns. Über unsere Gefühle, ja darüber reden wir aber mehr gab es nie. Unsere Freundschaften halten weil wir uns gegenseitig leben lassen so wie wir sind aber über alles diskutieren das können wir. Wir Mädels können uns alles erzählen und ich vertraue ihnen 100-prozentig. Pferde stehlen das können wir zusammen oh und wie."

Jetzt werde ich auch noch sentimental, so richtig warm wird's in mir drin. Ich kämpfte gegen die Tränen an. Schon wollte ich weggehen als die Türe aufgerissen wurde. „Wer zur Hölle, oh du bist es entschuldige. Hast du gehorcht? Falls ja, biste selbst schuld. Ich geh mich etwas hinlegen" schon drückte sie mir einen Kuss auf die Wange und weg war sie. Wieder einmal was? Bin im Mixer. Immer wieder wird auf Kurz gestellt und dann wieder auf höchste Stufe. Rauf, runter puh - ich geh mich verabschieden und dann ab ins Zimmer. Dachte ich jedenfalls. Der kleine Mann versuchte mir zu erklären, dass alles okay sei und ich mir keine Sorgen machen solle. Was auch immer passiere, eins wisse er, es wird alles gut. Gut, er beruhigt mich anstatt ich ihn. Es wird immer besser. Noch bevor ich den Salon verlassen konnte, tauchte das nächste Girl auf um sich vom kleinen Mann zu verabschieden und sich zu bedanken. Denn ohne ihn würde nichts hiervon passieren. Draussen im Flur wartete jemand auf mich. Die Landlady, sie bat mich zu ihr ins Arbeitszimmer zu kommen. „Möchte noch unbedingt etwas loswerden. Mein Mann hat zwar sehr viel Geld gemacht aber er hatte sich auch immer wieder Feinde gemacht da er gewisse dreckige Spiele nicht mitmachen wollte." Ja, im ernst diese Phrase werde ich nicht so schnell aus meinem Hirn löschen können da hat's ein Computer einfacher. „Er hat auch immer versucht seine Angestellten korrekt zu behandeln. Was auch nicht immer gelang aber er ist, sorry, **kein** Schwein. Mir geht es darum, er wird euch nicht übers Ohr hauen. Was auch immer kommen wird, wir haben euch schätzen gelernt und fühlen uns sehr wohl mit euch. Ich habe meinen Mann seit Jahren nicht mehr so strahlen sehen. Der Rollstuhl war eine sehr harte Prüfung für ihn und schon deswegen würde er eine solche Chance nie verspielen." (Oh, wie das stimmte, toll) „vor allem die Möglichkeit neue Freunde zu haben die das Haus mit Leben füllen und uns die Einsamkeit etwas nehmen. Es klingt so klischeehaft aber ich weiss nicht wie ich mich sonst ausdrücken soll." Ist schon gut Landlady du hast mich am Wickel.

Jetzt war meine Beherrschung ganz dahin. Ich nahm sie einfach in den Arm und die Lady drückte mich mit Nachdruck und versuchte so mir das Gefühl zu geben, dass sie ihre Worte aufrichtig gemeint sind. „Wo ist der Landlord? Würde mich gerne auch bei ihm bedanken." Er sei im Labor und ich solle ihn einfach lassen. Korrekt, ich würde noch genügend Gelegenheit haben mich bei ihm zu bedanken. Ja, das wollte ich tatsächlich mich bei ihm bedanken, ich Held. Ein neuer Anlauf die Treppe hoch, gelang mir aber oben angekommen, winkte mich eines der

Mädels ihn ihr Zimmer. Dort standen wir nun alle vier Mädels. Reden konnte keine von uns. Wir schlossen uns einfach in die Arme. Dann verliessen wir wortlos den Raum um uns in unsere Schlafzimmer zurückzuziehen. Noch nie küssten und umarmten wir uns so viel. Eigentlich schade. Es tut so gut. Ich schloss die Türe aber machte kein Licht. Dann setzte ich mich auf eine der grossen Fensterbänke und schaute einfach aus dem Fenster. Nebel hing in den Bäumen und der zunehmende Mond stand schon am Himmel. So verbrachte ich längere Zeit bis ich merkte, es ist kalt und ich friere richtig. Ob es sich um senile Bettflucht handelt. Eigentlich kann ich mich ebenso ins warme Bett legen anstelle auf dem Fensterbrett zu erfrieren so kurz vor dem Finale.

Wie auch immer, irgendwann holt sich der Körper was er braucht, nämlich Ruhe und so schlief ich ein.

Wir tragen den kleinen Mann zu Grabe

Erleichterung einerseits, dass es nun endlich los geht. und andererseits war diese Anspannung eine komplett neue Erfahrung für mich. Es fühlte sich an als sei ich elastisch und von beiden Seiten wird gezogen. Nein, ja nicht loslassen es katapultiert mich sonst gegen Himmel. Wie komm ich dann wieder runter. Also, zieht was das Zeug hält.

In der Küche schaute ich in Gesichter die scheinbar ebenfalls das Elastik-Feeling durchleben dürfen. Jeder kümmerte sich um sich selbst ausser unserer Landlady. Fürsorglich bemühte sie sich dem kleinen Mann jeden Wunsch von den Lippen zu lesen. Soll es ihm doch an nichts fehlen vor der grossen Show. Diese Rolle stand ihr äusserst gut. Oh wie sie auflebte. Gebraucht zu werden scheint ihr Ding zu sein und wir alle gönnten ihr diese Augenblicke ohne gross darüber nachzudenken. So konnte ich mich meinem Tee und einem Rundblick über all meine alten und neuen Freunde widmen. Seltsam wie so etwas einem wortlos verbindet. Ich wurde doch tatsächlich schon wieder sentimental. Am liebsten hätte ich sie alle zusammen umarmt. Aber ich bin sehr schlecht im zeigen von Warmherzigkeit. Es zu sein ist nicht das Problem aber es zu zeigen liegt mir so was von gar nicht. Aber da war ich nicht die einzige. Alle taten extrem cool. Sie versuchten es als eine völlig normale Sache aussehen zu lassen. Nur unser kleine Mann hüpfte wie ein Pingpong-Ball in seiner Luxusvilla herum. Rauf, runter, links und rechts. Er trieb mich in den Wahnsinn. Hör doch endlich auf schrie es in mir drin. Doch es war ungerecht. Heute ist er derjenige für den wirklich vieles ungewiss ist. Also, ging ich in die Bibliothek um dort meinen Tee zu trinken. Wenn ihr nur all die tollen Bücher sehen könnten. Sicher gibt es auch sehr seltene und teure darunter. Hoffentlich kann ich irgendwann mal diesen Büchern mehr Zeit widmen. Jetzt lassen es die Nerven nicht zu. Auch hier war ich nicht die einzige die Zuflucht an diesem wundervollen Ort suchte. Unser Hausarzt gesellte sich zu mir. Wortlos setzte er sich in einen der einladenden Sessel. Alles fühlte sich an als seien wir in Watte gepackt.

Wie übersteht man solch eine Zeit. Ja, ja dazu fällt einigen Menschen sicher sehr viel ein aber es muss etwas Sinnvolles sein. No Drugs, no Alkohol aber wie wäre es mit Putzen, Sport und die hätte ich beinahe vergessen, die vielen tausend verschiedenen Gesellschaftsspiele. In der Zwischenzeit, der Arzt und ich hatten nicht ein Wort geredet, gesellten sich die anderen zu uns. Nun befanden wir uns zwar alle in einem Raum aber es herrschte Funkstille.

Den weiteren Verlauf des Tages zu beschreiben bringt nicht viel. Alle versuchten einfach ohne grosse Blessuren und Ausschweifungen diese Zeit hinter sich zu bringen. In Anbetracht der weiteren Ereignisse erscheint dieser Tag wie eine Null aber eine sehr, sehr wichtige. Zur Erklärung: wenn man nichts als nur warten kann auf ein bestimmtes Ereignis fühlt man sich wie im luftleeren Raum wie in einer Null. Nur das Ereignis bringt die Wendung. Wir Frauen konnten gegen den späteren Nachmittag nur noch zuschauen wie die schwarzen Limousinen langsam die Auffahrt in Richtung Stadt das Gelände verliessen und ab dann waren wir uns selbst überlassen. Ich könnte jetzt furchtbar gemein sein und die unglaublich nervenaufreibende Wartezeit schildern die wir die Daheimgebliebenen über uns ergehen lassen mussten. Es schaudert mich immer wieder, auch in diesem Moment, wenn ich daran denke. Es war ganz einfach grauenvoll. Alles was wir als Ablenkung ausprobierten funktionierte kaum bis gar nicht. Daher ergaben wir uns dem Ganzen und setzten uns in den kleinen aber feinen Wintergarten. Jede versuchte es sich möglichst bequem zu machen. Wir tranken literweise Tee und der Gang zu Toilette zwang uns fortlaufend aufzustehen. Personal befand sich keines im Hause. Also, eine Aufgabe gab es daher: Tee kochen!

Plötzlich begannen wir zu quatschen und zwar einfach alle durcheinander aber das war so was von egal. Ab und an verstand die eine oder andere eine Frage und versuchte diese zu beantworten. Wir sind sicher mindest 10 Jahre gealtert. Aber so intensiv gelebt zu haben ist eine Seltenheit (jawolll) und im Nachhinein muss ich zugeben, ist es einer meiner Wau-Momente gewesen. Ja, ich lass besser die Finger vom Versuch es näher zu erklären so etwas kann man einfach nicht vermitteln.

Immer wieder sah ich vor meinem geistigen Auge wie die Herren die kleine schwarze, aber sehr edle Kiste mit meinem kleinen Mann drin, behutsam ins Auto stellten und einer nach dem anderen einstiegen. Wie eine Endlosschleife wiederholte sich diese Szene in meinem Kopf. Und dann die berühmten roten Schlusslichter der Limousinen. Gangsterfilm reif. Alles geschah ruhig und sehr ernsthaft.

Auch fragte ich mich immer wieder wie es wohl dem kleinen Mann geht. Konnte er's ertragen. Zu diesem Zeitpunkt wusste ich noch nicht, dass die Herren der Schöpfung den kleinen Mann sehr gut versorgt hatten. Es hing sehr viel davon ab, dass kein Laut aus der Kiste nach aussen drang bis man ihn präsentierte. Daher hatte man ihn kurzum mit Beruhigungstabletten ruhig gestellt. Natürlich nicht ohne sein Einverständnis. Später erzählte er mir, dass er sehr froh darüber gewesen sei. Er hatte am meisten durchzuhalten. Im Dunkeln zu sitzen und nur ab und zu ein Hin- und Hergeschaukle der schwarzen Kiste. Auch sei es eher warm da drin gewesen.

Das kleine Gefängnis war mit irgendwelchen Materialen ausgestattet, damit niemand sie röntgen konnte oder so. Davon verstehe ich extrem wenig aber es zeigte uns an was alles gedacht wurde um den kleinen Mann zu schützen.
Sie waren reichlich spät abgefahren. Die Versteigerung war auf 18:00 Uhr angesetzt worden. Die übliche Zeit für solche Veranstaltungen.

Der letzte Teil

Laute Stimmen unterdrückte Flüche und das alles in verschiedenen Sprachen konnte der kleine Mann hören da in seiner dunklen Schachtel. Die Stimmen wurden immer lauter und die Diskussionen hitziger. Eine kurze Zeit hätte er richtig Angst gehabt da in seinem Gefängnis. Man sah ihm an, dass es schrecklich gewesen sein musste. Ungewohnt den meinen Noch-Mann so verstört zu sehen. Er schien um Jahre gealtert zu sein. Zur Beruhigung aller - später wurden wir alle um einiges jünger, herrlich. Und nicht nur jünger, nein noch viel mehr. Aber ich greife vor.

Man habe fahrplanmässig begonnen. Die Eingeladenen wussten, man hatte pünktlich zu erscheinen egal wie reich man auch immer war. Die Türen werden exakt zu angegebener Zeit geschlossen. Ab dann gibt es keinen Eintritt mehr. Alles betteln, Gezeter oder drohen nützt nichts. Sie bleiben verschlossen. Pünktlichkeit ziemt sich einfach. Nicht zu unterschätzen die Neugier der Herrschaften diese ist ebenfalls ausschlaggebend. Es treibt sie an nicht vor verschlossenen Türen zu stehen.

Die kleine Bühne mit einem Podest in der Mitte konnte von allen Seiten umgehen werden. Damit das Objekt ihrer Begierde genau zu betrachten ist. Das Sicherheitspersonal umringt alles sehr diskret. Niemand kann sich erinnern, dass es jemals einen Ausfall gegeben hat. Alkohol durfte erst nach Abschluss der Versteigerung ausgeschenkt werden. Ebenfalls eine wohl überlegte Sicherheit.

Die Versteigerung begann mit dem Eröffnungspreis. Scheinbar blieb den Bietern bei der erwähnten Summe die Luft weg. Wussten sie ja immer noch nicht, was sich dort in ihrer Mitte befand. Unserem Landlord oblag es, das Geheimnis zu lüften und so schob man seinen Rollstuhl zur Mitte hin. Er liess sich unheimlich viel Zeit, den kleinen Mann ans Tageslicht zu befördern.

Fotos oder Filme machen war total untersagt, leider. Doch unsere Herren beschrieben immer wieder mit unsagbarer Freude die Gesichter der Geladenen als man sah was der Grund dieser Versteigerung war.

Mein Noch-Ehemann hingegen meinte: „Ich bin mir wie das totale Monster vorgekommen. Es tat fast körperlich weh wie die mich alle anstarrten." Vor lauter Verlegenheit habe er ein riesiges Loch in den Boden gestarrt und gebetet, lass es schnell vorübergehen. Ebenfalls ein ungeschriebenes Gesetzt war, Fragen zu stellen. Nur die neuen, glücklichen Besitzer durften dies später. Aber Fragen zu stellen, war sowieso niemand in der Lage. Die Angebote überstürzten sich. Erst recht als der Hausarzt den kleinen Mann bat zu sprechen und etwas herumzulaufen. Wir hätten uns nicht im Traum vorstellen können was für Unsummen eingetippt wurden. In einem Tempo der alles bisher dagewesene um Längen schlug. In der heutigen Zeit der Elektronik werden die Gebote elektronisch abgegeben. Früher wurden die Summen auf Zettel geschrieben. Früher sowie auch heute bekommt jeder Bieter eine Nummer. Die auf Papiere geschriebenen Gebote wurden immer wieder erneut in den Pott geworfen bis der neue Eigentümer feststand. So wurde vermieden, dass die Endsumme und Bieter bekannt wurden.

Ein symbolischer Hammer erschien auf der grossen Leinwand hinter dem Auktionator. Dieser kündigte das Ende für die erste Etappe der Gebote an. Jetzt konnte man sehen an wievielter Stelle man mit seinem Gebot stand und war so in der Lage entweder auszusteigen oder weitere Gebote abzugeben.

Sie überschlugen sich gegenseitig. Was für Summen kaum zu glauben. Kann ich auch heute immer noch nicht. Die letzten Gebote und dann fiel der dritte Hammer, Ende. Totenstille herrschte. Mein Noch-Ehemann erzählte, dass er in diesem Moment am liebsten laut gerufen hätte: „Hallo, ihr Helden na wie fühlt man sich jetzt denn so?!?!" Doch er schluckte den Drang runter und staunte wie es weiterlief.

Eigentlich enthielt das Angebot nur die Formel, nicht den kleinen Mann. Dieser war nur als Beweis gedacht, dass die Formel funktioniert.

Man hatte die grösste Mühe die Bieter vom kleinen Mann fernzuhalten. Alle versuchten ihn anzufassen. So etwas hatte man noch nie gesehen wer kann es ihnen verübeln, niemand. Völlig überwältigt hatten sie versucht sich gegenseitig zu überbieten. Jeder wollte die Formel. Aber alles hat seine Grenzen und nach einem zwei stündigen Kampf war es vorbei und die neuen Besitzer klar. Natürlich galt es noch den Eingang der Zahlung abzuwarten. Der Betrag musste sofort überwiesen und garantiert werden. Wie hier der Bankablauf ist, keine Ahnung aber es ging den üblichen Gang. Die neuen Besitzer (es war ein Ehepaar wie wir dann später herausfanden) und unsere Männer verzogen sich mit dem kleinen Mann in einen Nebenraum um dort den Rest abzuwickeln. Die Summe wurde auf ein Konto, dass wir extra dafür eröffnen mussten überwiesen und somit musste die Formel übergeben werden. Natürlich lief es nicht ohne Diskussion ab was den kleinen Mann betraf. Der neue Formelbesitzer wollte ihn dazu. Seine Gattin war so in Verzückung gefallen als sie den kleinen Mann sah, dass sie darauf bestand, er gehöre zum Deal dazu. Ihre Tochter hätte sich schon immer eine lebendige Puppe gewünscht und nun endlich könne sie ihr diesen Wunsch erfüllen. Ich fall gleich um, man fasse es nicht. Lebhaft kann ich mir vorstellen was sie dem Kleinen alles angetan hätte. Da hätte er ein Tütü* tragen müssen. Vermutlich wäre er irgendwann verdurstet oder verhungert da die Kleine ihn sicher früher oder später satt gehabt hätte.

Unsere Männer liessen einen Streit vom Stapel. Dieser diente dazu die neuen Besitzer vom kleinen Mann abzulenken. Und so registrierten diese nicht,

---

* korrekt geschrieben Tutu = Ballettröckchen

dass der kleine Mann einen Trank zu sich nahm um sich dann total erschöpft auf den Boden seines Gefängnisses flach zu legen.

Blitzschnell hob der Hausarzt ihn aus der Box und legte den kleinen Mann auf ein grosses Sofa das etwas abseits neben dem Pult stand. Dort lagen Bekleidung und Schuhe bereit alles in seiner normalen Menschengrösse.

Der kleine Mann begann zu husten und zu stöhnen und alle Anwesenden schenkten ihm ihre Aufmerksamkeit. Er würgte und fluchend rief er, aua aua es tut weh. Immer wieder wiederholte er diese Worte während alle zuschauen konnten wie er langsam wuchs und wuchs. Diese hinterlistigen Männer entwickelten in der Zeit als wir Frauen die Versteigerung organisierten die Gegenformel. Sie wollten das Risiko nicht eingehen, dass dem kleinen Mann, nachdem die Öffentlichkeit ihn gesehen hatte, etwas passiert. So gingen sie auf Nummer sicher und entwickelten die Gegenformel was ihnen Gott sei Dank gelang.

Heute habe ich wieder eine wunderschöne Wortzusammenstellung gehört: ihre unverschämte Dreistigkeit, herrlich nicht. Mit diesen Worten wäre schon einiges treffend beschrieben was den Plan der Männer betrifft.

Die neuen Besitzer wurden darüber informiert, zu welchen Zwecken die Formel verwendet werden darf. Trotz allem gibt es Grenzen die gesetzt werden müssen. Natürlich wurde alles vertraglich geregelt. Unser harmlos aussehende Hausarzt kennt diese Leute und auch ihre schlechten Seite. Den beiden war absolut klar, was passiert, sollten sie sich nicht an das Abkommen halten. Mehr brauchen wir nicht zu wissen. Was zwischen Arzt und Patient passiert bleibt zwischen Arzt und Patient. Auch so eine geniale Redewendung!

Doch wie konnten wir uns nur so täuschen. Die zwei netten, alten Menschen waren dem Wahnsinn verfallen. Kaum waren wir zurück im Landhaus ging es los und sie zeigten uns ihre wahre Seite.

„Ihr müsst einfach mitmachen, mit Euch können wir etwas wirklich Grosses erschaffen. Die Möglichkeiten sind schier endlos. Ihr könnt euch kaum vorstellen wie lange wir schon auf so eine Möglichkeit warten. Alles wäre möglich und wird es mit uns, mit euch. Kommt lasst es euch zeigen. Unsere langgehegten Pläne." Sie gab uns zu verstehen kommt alle mit, kommt in mein Büro. Ihr Büro! Sie hat ein eigenes Büro? Das Landhaus ist so gross da konnten wir nicht alles überschauen und so wie es aussah hätten wir es ohne ihre Hilfe auch nicht finden können. Es begann mich zu frösteln und langsam kamen all die schlechten Gefühle wieder in mir hoch.

Das haute sogar meinen nun wieder grossen Noch-Ehemann um. Da muss ich mich zuerst wieder daran gewöhnen. Aber es ist toll ihn so zu sehen. Die Landlady öffnete die beiden Flügeltüren ihres Büros mit einem eleganten Schwung. So als würden wir einen Saloon betreten. Ihre Arme weit ausgebreitet wies sie auf die Wände die über und über mit Plänen behangen waren. Auf einem war eine Art Baum mit vielen Verzweigungen in alle Richtungen. Ich begann ihn näher zu betrachten und je länger ich darauf blickte je mehr wurde mir klar was er darstellte. Kälte lief mir den Rücken hinunter und ich erschauerte. Die wollen eine Familie, nein einen riesigen Clan gründen mit - ich fass es nicht mit-mit-mit kleinen Menschen. Daher all das. Dieser elende Landlord wusste genau was mein Noch-Göttergatte konnte und welcher Formel er auf der Spur war. Alles nur Theater. Schmeichelei um an die Formel zu kommen. Wieso hat mein Noch-Ehemann überhaupt so etwas entwickelt. Was waren seine Absichten. Als hätte er meine Gedanken lesen können stand er plötzlich dicht bei mir, legte seinen Arm um meine Hüfte und flüsterte mir ins Ohr. Das nicht, nein das war nie meine Absicht. Seine Wärme tat gut und ab nun stand fest. Wir werden Freunde bleiben. Ich stützte mich bei ihm ab und holte tief Luft. Zeit, wir müssen Zeit schinden. Was die können kann ich schon lange sagte ich mir und ab auf in den Kampf.

„Eure Pläne sind genial und der Stammbaum so detailliert. Sie zeigen die Absicht dahinter deutlich. Ich gebe zu Bewunderung steigt in mir hoch. Mein einziges Problem. Wir alle haben eine ganz turbulente Zeit hinter uns und offen gesagt, habe ich wirklich Hunger und Durst. Es ist auch spät geworden und feiern wir doch noch etwas. Essen, trinken und morgen in aller Frische geht's ans neue Projekt. Wäre das was oder wäre das was?" Die alten Leutchen strahlten und meine Mädels sahen eher aus als würden sie schielen. Vermutlich kreuzten sich ihre Augen da das eine Auge in die gute und das andere in die schlechte Richtung zu schauen versuchte. Doch sie kannten mich gut genug um zu wissen, dass ich so etwas wie die zwei Alten da vorhatten nie mitmachen würde. So ging man harmonisch vereint in die grosse Küche um zu essen und trinken. Wir fühlten uns alle nicht mehr so heimisch und kuschelig in diesem Haus wie zu Beginn. Wie es genau weiter gehen sollte, keine Ahnung. Eines war so was von klar. Die Pläne dieser zwei Verirrten galt es zu verhindern. Glücklicherweise waren alle sehr müde und daher fiel es nicht auf, dass uns die

Lust aufs Feiern vergangen war. Essen auf den Tisch zu zaubern das konnte die Landlady wirklich. Im Handumdrehen standen einige Leckereien auf dem grossen Küchentisch parat. Der Hausarzt blinzelte mir immer wieder aufmunternd zu. He, du Held es ist mir nicht nach Party zu Mute oder verstand ich ihn nicht. Was wollte er mir sagen? Hunger hatte ich wirklich aber brachte kaum etwas runter. Was sollen wir bloss unternehmen die mussten gestoppt werden. Stellt euch einmal vor was die vorhatten. Der Beginn ihrer geplanten Dynastie waren eine Frau und ein Mann. Natürlich bereits in Klein. Daraus sollten Kinder, Kindeskinder und so weiter und so fort entstehen. Unser verliebtes Paar wäre geradezu prädestiniert als Stammhalter. Meine Fres....., die sind raffiniert die zwei alten Leutchen. Die hätten 100-prozentig weitere Anhänger gefunden die sie schrumpfen hätten können. Luxus lockt sehr viele hinterm Ofen hervor. Und den hätten sie bieten können. Unser Ex-kleine Mann das Paradebeispiel zeigt wie einfach es war ihn in einer Prachtvilla mit Swimmingpool, teuren Kleidern und was auch immer schwelgen zu lassen. Es musste ein Riegel vorgeschoben werden. Das Ganze ist so was von unnatürlich, unmöglich.

Als wir beim Kaffee angekommen war, bot sich unser Hausarzt an dies zu übernehmen. Wieder so ein

Blinzeln, jetzt plötzlich willst du etwas. Das ist doch eine verrückte Welt. Jetzt geht's erst recht nicht mein Lieber.

„Geht doch rüber ins Raucherzimmer, bringe dann alles rüber" und schon schob er uns alle in Richtung Küchentüre. Blinzel, blinzel der entwickelt sich langsam zum Glühwürmchen. Blink. blink machen die auch immer. Aber wir waren alle so müde, dass dieser Gedanke kurzum beiseite geschoben wurde. Das Raucherzimmer auch so ein Raum von dem wir keine Ahnung hatten. Anständig wie wir sind, gingen wir immer nach draussen um zu rauchen. Da kommt die Frage auf wieviel Räume sie einem noch verheimlichen. Aber eigentlich unwichtig oder? Der Kaffeeduft drang langsam über den Gang ins Raucherzimmer. Mit einem bezaubernden Lächeln rollte unser Hausarzt den Kaffeewagen gekonnt in die Mitte des Zimmers. Seelenruhig schenkte er eine Tasse für die Landlady, dem Landlord und dem Rest ein. Immer mit einem süffisanten Lächeln auf den Lippen. Da brat mir doch einer einen Storch was hat der Junge bloss vor? Aber scheinbar störte sich niemand ausser mir daran und so verhielt auch ich mich weiter ruhig.

„Es wird eine wundervolle Zeit. Wir werden herrlich zusammen arbeiten mein Mann hat schon so vieles vorbereitet wir werden gut vorankommen" ja, so stell ich mir das auch vor My Lady nur ohne euch!

Meine Rettung alle waren wirklich ausgelaugt, müde nicht mehr zu gebrauchen so dachte ich jedenfalls. Es wurde immer stiller im Raum und plötzlich hörten wir ein Schnarchen und dann noch ein leises Schnaufen. Da brat mir doch einen Storch. Die Landlady und Landlord schliefen. Mitten unter uns sind sie ruhig eingeschlafen. Ein Blick zum Hausarzt und langsam dämmerte es mir. Sein bejahendes Nicken bestätigte mir meinen Verdacht.

„Trinkt ja den Kaffee der beiden nicht, ich habe sie gut für die nächsten vier Stunden schlafen gelegt. Wir müssen uns beeilen. Teilen wir uns auf. Schön, dass du wieder deine normale Körpergrösse hast. Wir zwei gehen ins Labor um dort alles Nötige zu vernichten und der Rest von Euch ins Büro der Landlady, ok für euch?" Alle waren baff. Zum einen hatten wir ihn noch nie so viel an einem Stück reden gehört und zum anderen was hatte er getan. Einfach genial. Oh, Du mein Held. Immer klarer wurde sein Verhalten in der Vergangenheit für uns. Er hatte gewusst was die beiden treiben und auf was sie hinaus wollten. Du heiliger Bimbam wir sind ja alle reich jetzt. So richtig, richtig reich. Ich kann es noch gar nicht fassen und trotzdem nützte uns all das Geld im Moment sehr wenig.

„Mädels ran ans Vernichten. Die Zeit drängt und du mein lieber Noch-Ehemann, herzlich willkommen zurück. Ich bin froh, dass du wieder du bist. Lasst uns das Werk vollbringen." Wie auf Knopfdruck kam Leben in die müden Körper meiner Freunde. Auf es gibt Arbeit.

Im Büro der Landlady begannen wir die Pläne von den Wänden zu reissen als einem der Mädels der Kamin auffiel.

„So Kinder jetzt wird gegrillt. Die zwei Leutchen sind unglaublich. Stellt euch das Ganze einmal vor. Vor allem der Beginn des Ganzen. Eine Minifrau liegt mit einem Minimann im Bett. Schwangerschaft und dann eine Minigeburt. Wie gross wäre das Baby wohl zu Beginn und was hätten unsere Leutchen getan bei der ersten Geburt? Ich möchte mir nicht vorstellen was die mit Kindern machen würden die nicht in ihr Konzept passen, z. B. die mit einer Behinderung usw.. Es schaudert mich. So etwas Kleines ist im Nu weg, verschwunden. Mir wird übel."

„Jetzt ist keine Zeit für Sentimentalitäten. Wir müssen uns beeilen." Jetzt wird der Hausarzt noch zum Tyrann. Jetzt bessert's. Je mehr ich über die Pläne der Zwei nachdachte umso wütender wurde ich und liess es mit Wonne am Stammbaum aus. Ich zerrte und riss wie ne Wilde am Papier und dann sahen wir ihn. Wer hätte das gedacht. Genau in der Mitte des Baumes war eine Klappe eingeritzt umso ohne Probleme an den Wandsafe zu kommen. Nicht übel wer schaut sich schon so eine Zeichnung genauer an.

„Bis jetzt sind wir gut dran aber wie kriegen wir den Safe auf. Safeknacker gibts keine unter uns oder? Auch wissen wir nicht was er beinhaltet. Sprengen kommt daher auch nicht in Frage. Jetzt sind gute Ideen gefragt. Wer hat noch nicht, wer will mal?" So lange kannten wir sie noch nicht aber eines war auffällig. Das Gedächtnis der Landlady war nicht mehr das Beste. Es würde mich überhaupt nicht wundern wenn sie irgendwo den Code vermerkt hätte. „Los aufgeht's suchen. Wir müssen den Code finden. In der Zwischenzeit schlage ich vor jemand versucht die Geburtsdaten ihres Sohnes, ihres Mannes und von ihr selbst herauszufinden. Halt mal, zuoberst über dem Stammbaum stand ein Datum. Der Beginn der Neuzeit nannte sie es." Jetzt gab einer Gas in Richtung Kamin und entriss dem Feuer alle Papiere so gut als möglich. Der grösste Teil des Baumes war verbrannt aber genau das von uns gesuchte Stück war nur angekokelt.

„Haltet es gegen das Licht ist einfacher zu lesen." So einfach machte es uns das Papier dann doch nicht. Die erste Ziffer des Datums war kaum zu erkennen. Eine 7, eine 4 oder eine 1?

„Man setze eine Null davor und versuche die 7. Gut sind die alten Leutchen von der altmodischen Art. Da gibt es mehr als nur drei Versuche. Weder eine Bank-Karte noch die Sim-Karte können eingezogen respektive gesperrt werden. Los versucht es." Natürlich hatte er recht. Das Schrumpfen resp. Vergrössern hat ihm scheinbar nicht geschadet. Man könnte sagen: Operation gelungen. Wie es so ist im Leben immer die letzte Nummer funktioniert. Eines unserer Mädels hatte sich dieser Aufgabe gewidmet und mit der 1 begonnen. Dann die 4 und zu guter letzt die 7. Sesam öffne dich was er dann auch tat. Von aussen täuschte er was die Grösse des Tresors anbelangt. Nicht sehr breit oder hoch aber tief in die Mauer hineingebaut beherbergte einiges mehr als erwartet. Zwei Bücher die sich als Tagebücher entpuppten. Bargeld, Geldanlagen, je ein Testament, etwas Schmuck (prachtvolle antike Armbänder) und gut versteckt weit hinten die Formeln. Gott sei Dank auch das Gedächtnis des Landlord liess zu wünschen übrig und so konnte man nur noch hoffen, dass es keine Abschriften gibt. Natürlich liessen wir ausser von den Formeln, vom Rest die Finger. Obwohl es war furchtbar hart. Einer der Ringe war so was von mein Ding und sogar die Grösse hätte gepasst. Gibt ein schlechtes Karma, also pfui Hände weg. Schweren Herzens der Ring war einfach ein Traum. Hey, ich bin doof wir schwimmen ja jetzt in Kohle und daher kurz ein Foto vom Ring gemacht und meine Laune stieg wieder. Langsam ging die Vernichtungsaktion ihrem Ende entgegen. Im Kamin loderte ein etwas zu grosses Feuer aber das ist eine Frage der Zeit bis es in normalen Bahnen brennt. Der Raum war nun gut geheizt und unser Aufräumen hatte uns ins schwitzen gebracht als plötzlich jemand rief: „Er hat auch ein Büro und da ist noch das Labor ist das komplett geräumt." Wer das war mag ich mich nicht mehr so recht erinnern aber ja, natürlich. Langsam setzte einem das Ganze zu. In der Zwischen war es 1 Uhr nachts und noch kein Ende in Sicht. „Wie lange schlafen die zwei noch?" fragte mein Noch-Ehemann. „Wenn wir Glück haben noch ca. 2 - 2 1/2 Std. wir müssen uns beeilen." Gesagt getan. „Wir teilen uns wieder auf die Mädels ab ins andere Büro und ihr Herren nochmals zur Sicherheit ins Labor." „Auf das wären wir von selbst nicht gekommen oder?" Kaum hat er wieder seine normale Grösse wird er frech. Verschoben ist nicht aufgehoben. Meine Rache wird so süss sein. Er vergass, was ich an Fotos besitze als er noch klein war. Zum Beispiel als er mitten auf dem Boden lag in der zuckersüssen in Rosa gehaltenen

Puppenstube. Kein Mensch wird schnallen, wie klein er da ist. Eine Bemerkung meinerseits und schon wurde er kleinlaut. Oh, ich mag das Leben. Jetzt nur noch Vernichtung aller Beweise hier im Landhaus aber eine Knacknuss gab es dann doch noch. Auch hier im Büro des Landlords war ein Safe eingebaut. Aber diesmal im Boden. Ja, toll ich hab sogar mal drauf gestanden. Nirgends war ein Hebel oder Knopf zu sehen. Den Bodentresor umringend standen wir wie Deppen da. Wie kann man das Ding öffnen. Nicht übel das muss man dem alten Herrn lassen. Und er sitzt doch im Rollstuhl wie kommt er an die Sachen. „Ich hab mal so etwas in einem Film gesehen. Da gab's irgendwo einen Knopf oder so und liess das Ding hochfahren. Raffiniert sag ich euch." Ach, wie ich meine Mädels liebe. „Lasst uns das Knöpfchen suchen. Eventuell irgendwo beim Pult oder in der Rückenwand wenn er am Schreibtisch sitzt." das hingegen kam von mir. Ein Klopfen und Abtasten ging los bis unser Hausarzt meinte "schaut euch einmal die Figur an. Sie erscheint mir komisch und wenn ich sie richtig in Erinnerung habe, kann das Original die Arme nicht bewegen." Er drückte einen Arm nach unten und nichts geschah. Vor Enttäuschung drückte er den anderen auch noch und siehe da. Es kam Bewegung in den Boden. Der Tresor fuhr bedächtig nach oben und mit einem Einrasten blieb er stehen. Genau auf der richtigen Höhe. Das nenn ich mal gekonnt. Die Kombination wie lautet die nun - dachte jemand laut. „In einem der Testamente sind sicher die Geburtsdaten von denen. Irgendwo müssen wir beginnen. „ Nützlich unser Herr Hausarzt wirklich nützlich. „Hier versucht es mit dem Datum vom Sohnemann. Hey, das ist - ach, du dickes Ei er noch noch ein Kind eine uneheliche Tochter. Darum machten die dauernd Ferien in Spanien. Das Datum das wird es sein." Der Arzt, mein Held in silberner Rüstung. Aber wo ist das Dreh-Dings. Wie wird er geöffnet. Ich werde doch nie einen Safe besitzen, sagte ich mir. Etwas belämmert aus der Wäsche schauen standen wir nun da. Wie begossene Pudel trifft es am besten. „Ich möchte mich ja nicht in den Vordergrund stellen aber diese Skulptur hier stimmt auch nicht. Eigentlich ist sie sehr fein gegliedert und nicht so klobig wie diese hier." Schon hob er sie auf und schwups eine Fernbedienung kam zum Vorschein. Ohne gross darüber nachzudenken tippte der Hausarzt den Geburtstag der unehelichen Tochter ein. Klick offen war er. Etwas stolz sah er schon aus und dies mit recht. Uralte Pergamentrollen, Bargeld, ein Goldbarren und siehe da eine Kopie der Formeln hoffentlich gibts nicht noch mehr Abschriften. Ab in den Kamin mit ihnen. Schauen wir mal wie der Stand der Dinge ist. Mein Noch-Ehemann hatte in der Zwischenzeit alle möglichen Laborgefässe geleert bis auf zwei.

„Wer will einen Schluck? Es hat noch Klein- und Grossmacher übrig. Einfach auszugiessen irgendwie schade. Aus meiner Sicht gibt es folgende Möglichkeiten. Entweder wir schrumpfen das Möchtegern-Königspaar, wir schrumpfen uns und hauen ab oder ich giesse es aus. Oder ich denke, ich nehme es mit. Mal schauen wo der Weg es hinführt! So und nun gebe ich es zu hier vor euch allen. Klein zu sein war halb so schlimm wie ich immer tat. Hat enorm viele Vorteile. Ihr habt mich ja toll verwöhnt. Ich genoss es und wie. Aber wie soll es jetzt weitergehen. So wie's aussieht, haben wir alles vernichtet und die zwei wachem demnächst auf. Wir müssen weg hier."

„Ja, aber ich gehe nicht ohne die zwei aufzuklären. Still und leise wegschleichen gilt nicht. Die müssen wissen, dass was sie vorhatten absolut unter jedem menschlichen Verhalten ist. So geht man nicht mit Menschen um. Ich will, dass die das wissen. Auch wieso wir uns so heimlich verzogen haben. Los Papier und Stift her. Das wollte ich schon immer sagen. Papier und Stift her los…."

Ja, gebe zu ich wollte den zwei alten Leutchen gehörig den Marsch blasen aber ich brachte es nicht fertig. So teilte ich ihnen einfach mit, dass wir bei so etwas nie mitgemacht hätten. Dass wir alles vernichtet hätten und uns auf diese Art verabschieden. Wie ungerecht sie dies auch immer empfänden es sei das Beste für uns alle. Der Hausarzt scannte und druckte die ganze Sache relativ gross aus. Dann positionierte er es gut sichtbar auf dem Pult. Wie der sich hier auskennt, unglaublich. Der schuldet uns noch einige Antworten.

„Ok, nimm das Serum für klein und gross mit. Man weiss nie und dann ab hier weg in ein unauffälliges Hotel. Ich bin nur noch müde und ausgelaugt. Doch kommt es meistens anders als man denkt. Vor der grossen Haustüre angekommen, wollte schon jemand die Türe öffnen als eines der Mädels meinte.

„Ich sehe Schatten da draussen, menschliche Schatten. Die lassen das Haus bewachen die zwei raffinierten Alten. Was nun?"

„Man kann uns sehen aber nur in gross also, jeder einen Schluck Kleinmacher und das Abenteuer Heimweg geht los." Bevor ich einen Schluck nahm fragte ich etwas kleinlaut, ob die da draussen Hunde haben. Der Hausarzt schüttelte verneinend den Kopf und schon schrumpften wir alle auf Deibel komm raus. Natürlich schafften wir es nicht die nun extrem schwere Haustüre zu öffnen. Aber durch die Küche via Waschbecken, ab durchs Fenster die

Efeuranken runter, fertig. Wir waren draussen. Da begann das Rennen und Keuchen bis wir relativ weit weg waren. Für unsere Grösse. Dann etwas gemächlicher dem Sonnenaufgang entgegen. Wir waren frei und reich, so geht das!

Schlusswort

Vor kurzem habe ich in einem Journal folgende
Worte gelesen:
Die Musik drängte sich kakophonisch dazwischen.

Was für ein schönes Wort kakophonisch.